每個午夜都住著一個

說故事 VI

亡靈咒怨

童亮——著

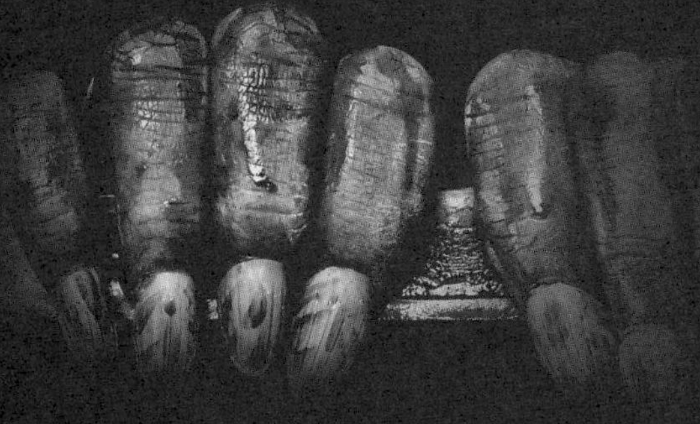

寫在前面的話——

傳說人死之後化為鬼。

鬼者，歸也，其精氣歸於天，肉歸於地，血歸於水，脈歸於澤，聲歸於雷，動作歸於風，眼歸於日月，骨歸於木，筋歸於山，齒歸於石，油膏歸於露，毛髮歸於草，呼吸之氣化為亡靈而歸於幽冥之間（出於《道經》）。

可見，「鬼」這個字的初始意義，已經與我們現在所理解的相去甚遠了。這本書，講述的雖然是詭異故事，但實際上是想將這個字引回原有的意義上——一切有始，一切也有「歸」。好人好事，自有好報；惡人惡行，自有惡懲。

目錄

Contents

到底是什麼召喚了在夜幕中緩緩前行的五個身影，又是什麼將復仇的雙眼暗中跟蹤著爺爺和我？

一場簡單的置肇又為何落得了雄雞憑空死去的下場，又是怎樣的詭異讓一個普通的老婦承受著直不起的身軀？

將軍的墓碑承載著太多的秘密，房梁上的老鼠預示著不可知厄運……

這一切，到底是來自機緣巧合還是來自地下亡靈的詛咒？

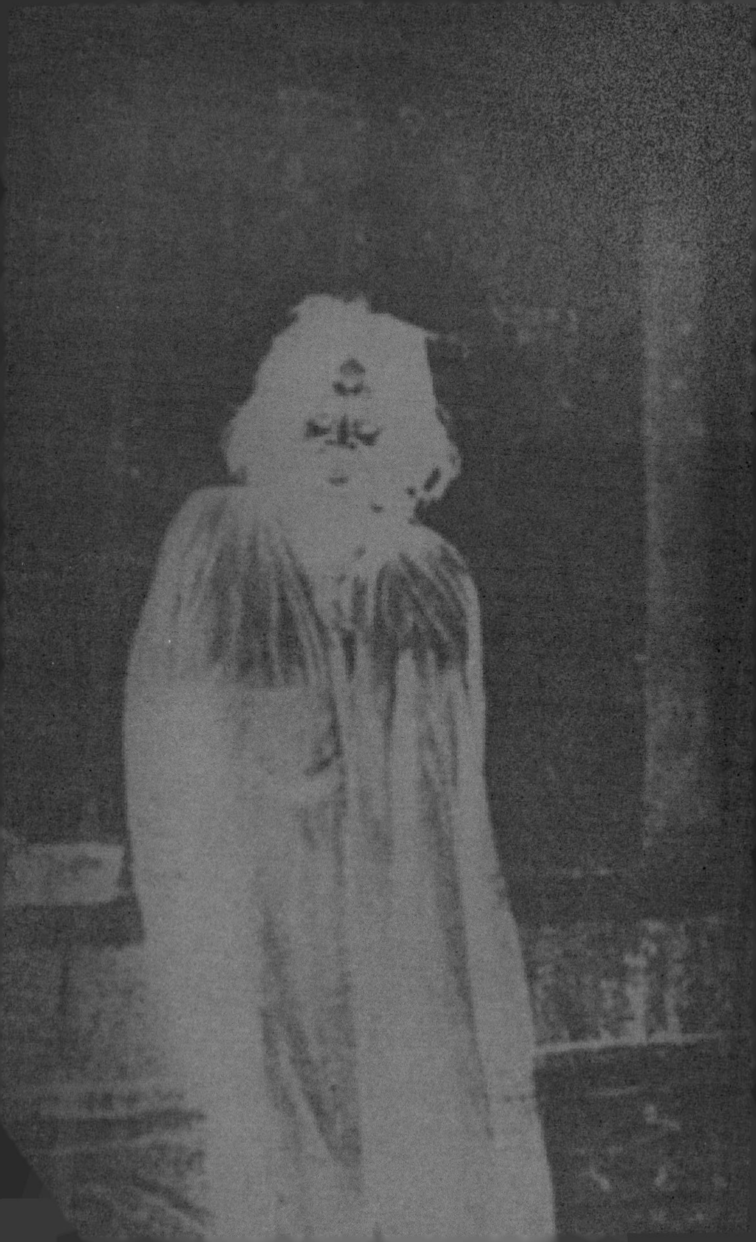

文攝子

1

水中有水鬼，山中有山神。

零點零分，一場活人與死人的靈異遊戲開始了。

湖南同學道：「被一目五先生盯上的，聽說從來沒有逃脫過……

文天村的一個居民，家住在從常山村進文天村的第一家，門朝大馬路。

也許一目五先生首先找到他就是這個原因。他的真名我不記得了，認識他的人都叫他文撒子，因為他的眼睛有點兒毛病，一隻眼睛正常，另一隻眼睛沒有待在正常的地方，卻不對稱地待在挨著眼角的地方。這樣一來，跟人說話的時候，你會感覺他沒有看著你，而是看著你的旁邊，彷彿你的旁邊還有一個人。

我們當地的方言裡把這種人叫做「撒子」。這樣隨便給人取綽號是不禮貌的，幸好他不怎麼在意。後來他真的發達了，在外面做生意賺了大錢，有了錢之後在省城動了手術，把不對稱的眼睛治好了。現在我每次回家後去看爺爺，還是要經過文天村。有時能碰到他，再也沒有人叫他文撒子了，卻叫他文金條。

文金條這個綽號是個褒義詞，曾經的「文撒子」對「文金條」這個綽號很滿意，但是，這兩個綽號直接導致我至今還不知道他的真名。

文撒子聽了選婆的嚇，慌忙跑到爺爺旁邊：「馬師傅，您得收服它們呀！雖然第一個找的不一定是我，但是保不準某天就來害我了呢！您連瑰道士和女色鬼都收拾了，這五個小鬼您一定不在話下吧？」

說到女色鬼，選婆的臉上浮現出不舒服的表情。

剛才爺爺的桌旁還沒有一個人，現在立即聚了一大群，像蒼蠅似的在這個大棚裡跑來跑去。

爺爺嘆口氣道：「我現在反噬作用還很厲害，再一個，我的年紀大了，身體恢復不如以前那麼快了。恐怕是有心無力。」

文撒子問爺爺：「您老要多久才能恢復啊？一天？兩天？」

爺爺張開那個經常拿菸的左手，五根手指直挺挺立在眾人的眼睛下。

「五天？」文撒子問道，眼睛看著爺爺的旁邊，似乎不相信爺爺給出的資料，要問旁邊的人這個資料的真與假。

「五個月。」爺爺簡短地說。

「這麼久？那一目五先生誰來對付啊？」文撒子頓時慌了，不知道是選婆的話真嚇著他了，還是他已經預感到了一目五先生會第一個來找他。周圍的人立即議論紛紛。

「要不先找歪道士幫幫忙？」選婆徵求大家的意見，「總不能讓一目五先生在我們這裡無所顧忌吧？」

「鬼不是怕罵嗎？你們村的那個四姥姥罵人的功夫可是了得！」文撒子

本來是要對著我說的，可是眼睛還是沒有對準我，「我們見了鬼也像四姥姥那樣能罵就好了。難怪她老人家從來不怕鬼的，鬼都怕了她。」

我想起四姥姥為了救自己的孫子跟水鬼惡鬥的情景。媽媽說四姥姥長的是鐵嘴巴，想想形容得還真貼切。

「雖然鬼都怕罵，但是你也要罵在點子上才行。罵它們的弱點，罵它們的痛處。不然作用也不大。」一個老人插言道，「像亮亮他們村的四姥姥，罵人有她自己的一套，誰家偷了她的雞，她能罵得偷雞的人自動把雞送回來。你們誰能做到？」

爺爺點點頭。

「這樣說來，我們還得去請歪道士幫忙。」文撒子怕冷似的縮著身子說道。

「可是，歪道士好像還躲在他的小樓上，聽說有討債鬼找他麻煩呢。他現在都不敢下樓，怎麼能幫我們呢？」那個老人又說。

眾人又把求助的目光投向爺爺。

選婆問爺爺道：「您身體不好，能不能叫醫生弄點藥吃，可能會好得快點？不然我們真沒有辦法對付一目五先生。」眾人跟著小雞啄米似的點頭。

「我說我身體不好，實際上身上沒有什麼病痛。所以請醫生看也是沒有用的。」爺爺說。

「沒有病痛？請醫生沒有用？」選婆驚訝地問道。

爺爺說：「是啊！我這次傷的不是身體，而是魂魄。要是這次反噬的是身體，我早就化為一攤水了。因為我的父親透過另一種方式給了我對付瑰道士和女色鬼的辦法，所以反噬作用小了許多。但是只要作法，就會有反噬作用。我這次將瑰道士的靈魂燒掉了，它的魂魄已經在輪迴中消失了，所以我的靈魂也受到了一定的反作用。」

周圍的人張著嘴巴聽著爺爺的解釋。

爺爺頓了頓，接著說：「醫生給我打針吃藥，只能改善我的血氣運行，不能恢復我的魂魄的傷勢。」

「那就沒有別的辦法了嗎？」文撒子急急問道。

爺爺淡然一笑：「除非那個醫生也是鬼，他能給我的魂魄治療。」

「給魂魄治療？」文撒子的臉頓時像霜打的茄子一樣——蔫了。

「從來只聽說醫生給肉體打針吃藥的，沒有聽說給魂魄治病的。」選婆感嘆道。

「只能去看看歪道士能不能幫忙了。那個討債鬼也不能總把他逼在樓上不下來吧！」文撒子說。

「只能試試運氣了。」選婆說，「大家吃飯吧！吃飯吧！吃完飯回去睡覺的時候把門都閂好了。不要讓一目五先生進了屋啊！」選婆將聚在一起的客人驅散。客人回到自己的酒桌上吃飯，但是仍絮絮叨叨地談論一目五先生的種種。

吃完酒席，大部分客人散去了。還有少部分留在這裡，他們要聽孝歌。死了人是要唱孝歌的，孝歌裡要講述死者一生的經歷，等於是給亡者回憶一遍生前，勸慰死者安心上路，不要留戀這個陽間。唱孝歌的是一個白眉白髮的女人，那個偶爾出現在歪道士廟裡的女人。

文撒子無心聽孝歌，早早地回到家裡睡覺。

文撒子的女人和孩子留在大棚裡，女人幫忙洗碗、打掃，孩子則是因為貪玩。

文撒子在酒席上喝了不少的酒，他的酒量本來就不怎樣，兩杯下肚便臉紅得像煮熟了的蝦子。酒席上的人笑話他是對蝦，因為他的眼睛是對著的。

從酒席出來的時候，天色有些晚了，但是颳著的風還是熱乎乎的，令他的醉意更深。他搖搖晃晃地走到家門口，費了好大的勁才將門鎖打開。進了門，卻忘記了閂門就扶著牆走進了臥室，往床上一撲便呼呼地睡著了。

萬籟俱靜，月光透過窗戶在臥室的地面輕輕悄悄挪移，不發出一點聲音。

一陣陰風吹開了文撒子家虛掩的門，五個身影像月光一樣慢慢騰騰地挪進了屋，不發出一點聲音。

其中一個鬼吸了吸鼻子，怯怯地說道：「走吧！這個屋裡沒有人。」

獨眼的鬼卻不死心，探頭往臥室裡一看，回過身來對那個鬼說：「怎麼沒有人！這裡面的床上躺著一個醉鬼呢！」

那個吸鼻子的鬼說：「那我怎麼沒有嗅到人的氣味呢？」

獨眼的鬼說：「他是趴著睡的，氣息被被子裡的棉絮擋住了吧！」

另外一個瞎鬼插言道：「難道你忘記了，陽世間有一句話，耳聽為虛，眼見為實。你鼻子嗅的也是虛，大哥的眼睛才是我們的指路針，你就別耍小聰明了。」

獨眼的鬼不耐煩道：「你們都別爭論了，趁著這個人熟睡，我們飽餐一頓才是。別耽誤了時辰。來，都進來。」獨眼的鬼讓四個瞎鬼手拉著手，像玩老鷹捉小雞的遊戲一樣把四個瞎鬼都牽進了文撒子的臥室裡。

五個鬼圍在床頭了，可是它們沒有立即吸文撒子的精氣。

一個瞎鬼問道：「大哥，這個醉鬼是趴著的，鼻子和口都對著被子，我們怎麼吸他的精氣呢？」

獨眼的鬼撓撓頭，說：「我們得等他翻過身來。」

瞎鬼說：「誰知道他什麼時候翻身呢？酒氣這麼重，肯定醉得不輕，恐怕他想翻身都翻不動哦！要是等到他的家人都回來了，我們可不是把放在嘴邊的一頓菜給弄丟了？」

獨眼的鬼又撓撓頭，說：「說的也是。要不，我們自己動手把他翻過來吧！」

瞎鬼又說：「可是，大哥，我們看不見他的手和腳放在哪個位置，一下沒搬好，怕把他給弄醒了。你忘記了只有你一個人才能看見哦！」

獨眼的鬼還是撓撓頭，說：「說的也是，那該怎麼辦呢？」

這時，趴著的文撒子突然說話了：「哎呀，一目五先生，你們真的第一個就來找我嗎？」

床頭的五個鬼立即像蒸發的薄霧一樣消失了。

趴著的文撒子說完酒話，打了一個飽嗝，又開始說夢話了：「馬師傅，你怎麼就不幫忙呢？找歪道士多麻煩呀！就算討債鬼沒有逼他了，他也不一定就答應幫助我們哪。」

說完夢話，文撒子又開始打呼嚕。五個鬼又重新在文撒子的床頭出現。

「他是喝多了酒在夢裡說胡話呢！」一個瞎鬼說。

獨眼的鬼拍了拍胸口，說：「哎呀，剛才可把我嚇了一跳。我還以為他聽到我們說話醒來了呢！原來是說夢話。」

一個瞎鬼說：「大哥，我們都已經是鬼了，他又不是道士，我們幹嘛要怕他呀？今天去給老頭子拜祭的時候也是的，大棚裡那個人喊了一聲我們的名字，你們就都嚇得跑了。害得我也只好跟著跑掉。」

獨眼的鬼說：「我們不是怕他們現在報復，是怕他們成了鬼之後報復。你想想，他們現在是人，你可以隨便來，但是當他們也變成鬼的時候，他還怕你嗎？你又是瞎鬼，他們成了鬼可以看見你們，你們卻看不見他們，他們還不整死你？」

另一個瞎鬼道：「大哥說得不錯。我們要趁著他們睡熟的時候吸氣，這樣他們死了也不知道是我們幹的。」

剛才一直沒有說話的瞎鬼此時開口了：「別討論來討論去了，現在關鍵是趕緊把面前的晚飯吃了。為了趕著來給老頭子拜祭，我路上一點東西都沒有吃，現在餓得兩腿都打晃了。」

獨眼的鬼說：「好吧好吧！我抓住你們的手，告訴你們抓住這個人的哪個部位，然後我們一齊用力，把他翻過身來。」

說完，獨眼的鬼抓住一個瞎鬼的雙手，引導它的雙手抓住文撒子的一隻腳。然後，獨眼的鬼又引導另一個瞎鬼抓住文撒子的一隻手。

最後，四個瞎鬼剛好將文撒子的兩手兩腳全部抓住。而文撒子還在呼嚕呼嚕地睡，對外界毫無知覺。

獨眼的鬼吩咐道：「你們四個都抓好了啊！我喊一二三，喊到三的時候你們一齊使勁兒，把這個人的身子翻過來。這樣我們就好吸氣了。」

四個瞎鬼點點頭，靜候獨眼鬼的口令。

3

文撒子離開大棚的時候，我和爺爺還待在大棚裡等敲鑼的人。所以，我和爺爺根本不知道一目五先生潛入了文撒子的房間。

因為爺爺翻過一座山就到了畫眉村，而我順著一條小溪走兩三里路就到了常山村，所以我們一點也不會因為天色晚了而著急。我和爺爺一邊聽堂屋裡的白髮女子唱孝歌，一邊等候敲鑼人的到來。白髮女子的孝歌確實唱得好，恍恍惚惚真如冥界飄忽而來。

爺爺要等的敲鑼人是方家莊的人，年紀跟爺爺差不多，可是由於他年輕的時候愛賭博，輸得老婆帶著孩子離開了他，從此杳無音訊。這個賭徒除了擲骰子什麼農活都不會，家裡自然不可避免地窮得叮噹響。後來經過爺爺介紹，他跟著洪家段的一個胖道士學辦葬禮吹號，可是懶惰的他連號都不願意吹。那個胖道士礙於爺爺的情面不好辭掉他，便讓他敲鑼。

敲鑼是個輕鬆的工作，做葬禮儀式的工作中只有這個最輕鬆了。本來這個工作是由吹號的道士自己做的，每吹完一小節號，或者孝歌唱了一小段，便拿起纏了紅棉布的木棒在銅鑼上敲一下。現在這個工作由他一個人來做，那就更加輕鬆了。這個方家莊的懶人自然樂呵呵地接受了敲鑼的任務。可是，這個人還是免不了經常遲到。白髮女子在堂屋裡唱了不下十小段了，敲鑼人還沒有到來。

我等了一會兒便不耐煩了，但是考慮到爺爺的孤獨感，我只好耐著性子坐在大棚裡等。

爺爺這一輩的人是越見越少了。這次做靈屋的老頭子一死，爺爺心裡肯定也有消極的想法。這證明能跟爺爺一起講屬於他們的年代故事的人又少了一個。

「這個懶人再不來，我可要走了。」爺爺也有些坐不住了。他的話似乎要說給誰聽，又似乎是說給自己聽。

「再等一會兒吧！」倒是我開始勸爺爺耐住性子等了。

話剛說完，一個趔趔趄趄的人影走進大棚來。那個人影剛進大棚，身子便軟了下來，雙手死死抓住大棚門框上的松樹枝。整個人就像吊著的一塊臘肉。皮膚還真像臘肉那樣蠟黃蠟黃的，但是臉上卻冒出帶著酒味的紅光。

爺爺連忙起身跑過去扶他：「你這人也不怕丟了方家的臉，人家孝歌都唱了半天了，還不見你來敲鑼！」

那人一手扶著門框一手搭在爺爺的肩膀上，嘴巴倔強地說：「馬岳雲老頭子啊，你又不是不知道，我哪裡丟得起方家的臉？我老婆、孩子都沒有一個，再丟臉也只丟自己的臉啊。」

「你還嘴硬呢！」爺爺嘴上說他，但是臉上並沒有責怪他的表情。爺爺扶著他，兩人磕磕絆絆地走到堂屋裡。我跟在他們後面走。

堂屋裡坐的人比較多，有道士也有聽孝歌的普通人。堂屋裡多了一個白紙屏風，上面寫著一些哀悼老頭子的詩詞。屏風正中間掛著一幅豎長的十八層地獄圖。屏風將棺材擋在後面，要繞過去才能看見，不知道是不是因為他們在晚上也怕看見棺材。

屏風前面放一個八仙桌，桌子一邊緊靠屏風。十八層地獄圖下面還有一段落在桌子上，用驚堂木壓著。驚堂木是道士的法具，作法的開始和結束，道士會拿起它用力地砸一下，像古代的縣太爺審案那樣敲擊桌面，提醒上堂人的注意。

八仙桌的兩個對邊各坐兩個道士，一女三男。左邊是胖道士坐第一位，右邊是白髮女子坐第一位，其餘兩個道士也是熟面孔，但是我不記得他們的名字。白髮女子負責唱孝歌，其餘三個男道士負責吹號，胖道士偶爾敲一下木魚。

敲鑼人也算是他們裡的一個成員，不過敲鑼人不能和他們同坐。一個長凳立起來，銅鑼便掛在長凳的腳上，銅鑼旁邊一個矮椅子，那才是敲鑼人坐的地方。看來道士裡面也是有等級分別的。

白髮女子見敲鑼的來了，嘟嘟囔囔地抱怨了幾句什麼，給了敲鑼人一個討厭的目光，然後又開始接著唱她的孝歌了。

那個洪家段的胖道士卻彷彿沒有看見爺爺跟敲鑼人進來，一本正經地吹著嘴上的號，兩腮鼓得像青蛙。

爺爺扶著敲鑼人坐在矮椅子上。

敲鑼人打了個酒嗝，便拿起纏著紅棉布的木棒開始敲鑼。我和爺爺挨著他坐下。

「咣——」銅鑼的聲音響亮而悠長，很容易就把人的思緒帶回到以前。

「聽說，你收服了瑰道士和女色鬼後受了反噬作用？」敲鑼人問爺爺。

「是啊！」爺爺若無其事地回答他。

「我說，你別捉鬼了吧！你看這個死了的老頭子，做了一輩子的靈屋，到頭來給他做答禮人的都沒有。一身的手藝也跟著去了陰間。」敲鑼人搖頭說，「岳雲老頭子你別不愛聽，你的手藝還不如他呢！他還能用靈屋換點買油、鹽的錢，你呢？你一賺不了油、鹽錢，二蹭不了幾餐酒飯吃，還把身子骨弄得疲憊。你老了，筋骨要好好養著才是。」

爺爺苦笑。

敲鑼人接著說：「你看我，懶是懶，我承認。但是懶有什麼不好呢？人最終還是一把泥土，還是要埋到泥土裡去的。在世的時候何必這麼勞累呢？」

爺爺不答話，抽出一根菸遞給敲鑼人。敲鑼人卻不接菸，他說：「菸我不抽，酒給我就喝。抽菸對身體不好，喝點酒還能疏通筋骨。我可不像你，我是懂得保護自己的人。」剛好白髮女子又唱完一小段，敲鑼人跟著敲了一下長凳上的銅鑼。

爺爺自個兒點上菸，吸了一口，問道：「要是你老人家遇到了鬼找麻煩，你老人家找誰去？」說完，爺爺才把菸圈吐出，薰得旁邊的我差點流眼淚。

「那還不得找你？」敲鑼人說。

「那不就是了嘛！」爺爺笑了，臉上的溝壑非常明顯。

「聽說，你這次捉女色鬼和狐狸精，還請動了將軍坡的迷路神？你是怎麼請動它的呀？在那裡迷過路的人都從來沒見過迷路神一眼呢！它怎麼就答應幫你呢？」敲鑼人像鵝一樣朝爺爺伸長了脖子，好奇地問道。

4

要是我直接這樣問爺爺，爺爺是不肯說給我聽的，除非他一時來了興致。但是爺爺在他的同齡人中從來不賣關子。

「其實我從頭到尾也沒有見著迷路神的本相。但是說起這件事情還挺有意思。」爺爺頗有興致地說。

「哦？那你說來聽聽。」敲鑼人很高興地問道。我也忙側過頭來聽爺爺的話。

爺爺說：「我雖然沒有見過迷路神，但是我知道它生前有個女兒，名叫瑤瑤。而瑤瑤也是被那個瑰道士害死的。而這個迷路神生前特別喜歡這個女兒，所以瑤瑤死後不久，他就自殺了。自殺時他怨氣未消，滯留在世上沒有投到陰間去。」

敲鑼人點頭道：「冤鬼都很難自己回陰間的。」

爺爺彈了彈菸灰，說：「說來也巧，將軍坡之所以叫將軍坡，是因為唐朝的時候在那個小坡裡埋過一個將軍。而這個將軍埋葬時戴的頭盔是皇上欽賜的黃金頭盔。所以歷來很多厲害的盜賊跑到將軍坡去尋找將軍的墳墓，想盜走那個黃金頭盔。這個將軍是非常有福氣的人，戰場上千軍萬馬中殺出來的人，他死後怎麼能容忍活著的盜賊偷走皇上賞賜的黃金頭盔呢？於是要求當地的鬼官出面，幫忙保護好他的墳墓，守衛他的黃金頭盔。將軍在人間是戰功赫赫的人物，到了陰間自然也受眾鬼的矚目。鬼官便答應了將軍的要求。可是，將軍坡就巴掌大那麼一塊地方，怎麼能保護它不受盜賊的偷盜呢？鬼官想到了一個好辦法，就是派遣一個特殊的鬼來守護這塊土地。」

「這個鬼就是迷路神。」敲鑼人已經猜到了。

「對。」爺爺點頭道，「水鬼為了重入輪迴，拉也要拉一個替身好讓自己擺脫。迷路神也是過一段時間要換一個的，不過迷路神的替換由當地的鬼官選擇。不知換了幾個迷路神後，鬼官選上了瑤瑤的父親來接替迷路神，讓它來保護將軍的墳墓。」

「於是你就去請它來幫忙對付瑰道士？」敲鑼人問道，「那你怎麼知道迷路神就剛好是瑰道士的仇家呢？如果迷路神不是瑰道士的仇家，它不一定會幫你的忙呢！」

「這就不能告訴你了。」爺爺笑道。而我知道，爺爺是依靠姥爹留下的手稿知道這些情況的。爺爺不告訴他，是因為告訴的話會受一定的反噬作用。爺爺已經受了嚴重的反噬，不能再多擔當一些。

「你到了將軍坡去請求它幫助？」敲鑼人繼續問道。

爺爺說：「是的。難道我還把它請到我的家裡不成？它到我家裡，我就找不到出門的路了。呵呵。」

「那倒是。」敲鑼人也跟著笑起來。

白髮女子又唱完了一小段，敲鑼人不緊不慢地跟著敲了一下銅鑼。我剛好湊到爺爺旁邊聽他們講話，對敲鑼人的動作猝不及防，響亮的銅鑼震得我耳朵發麻。

敲鑼人敲完，對爺爺說：「我剛才來的時候，在路上碰到了五個瞎子。」

「五個瞎子？」爺爺問道。

「我也奇怪呢！文天村總共也沒有五個瞎子啊！當時我喝多了酒，也可能是看花了眼。」

「你沒有看花眼。但是那五個中只有四個是瞎子，還有一個長著一隻眼睛。」爺爺說。

「那我就沒有注意了，喂，你怎麼知道他們中有一個長著一隻眼睛呢？」敲鑼人不解地問道。

「他們早先來這裡給老頭子跪拜了呢！」爺爺說。

「哦，原來是老頭子生前的熟人啊！我還以為是誰呢！」敲鑼人摸了摸臉，打出一個長長的呵欠。酒氣隨之而出，非常薰鼻。

爺爺吸了一口菸，問道：「你是在哪裡看到他們的？」

「在進村的大路旁邊看到的。」敲鑼人說。

「是不是文撒子家前面的那條大路？」爺爺有些著急了。

「是啊！文撒子就是住在大路旁邊嘛。有什麼不對嗎？」敲鑼人邊說邊敲了一下銅鑼。我急忙用雙手捂住耳朵。

「亮仔，快跟我走！」爺爺一把拉起我的胳膊，把我從椅子上扯了下來。

周圍人見爺爺和我打擾了他們聽孝歌，臉上露出不愉快的表情。

「岳雲老頭子你要到哪裡去？」敲鑼人見爺爺驚慌，迷惑不解地問道。

爺爺站了起來說：「你看到的那五個不是人，他們是鬼。他們是一目五先生，可能要害文撒子呢！」爺爺回頭對我說，「你快去找廚房裡討點糯米來。」

我不滿道：「這裡又不是我家，哪裡說要糯米就有的？」

爺爺說：「剛才酒席上有肉丸子，辦喪事的廚房裡肯定還有糯米的，你去找掌廚的討點來。速度快點。要是文撒子被一目五先生吸氣了，那就麻煩了。」

我說：「爺爺，你不是這段時間捉不了鬼嗎？」

爺爺一邊推我快點出去一邊說：「正因為捉不了鬼，才要你去討點糯米來啊！快點快點，別問這麼多了，回來了再問也不遲。」

我不再問了，撒開腿來跑。

剛才我也注意到了桌上有肉丸子。我們這塊地方逢了紅、白事都少不了這道菜。這個肉丸子跟城裡下火鍋吃的菜不一樣，它由斬細了的肉末和生粉拌在一起，然後在表面滾上糯米做成。這樣的肉丸子又香又不油膩，口感相當好。

很快，我在掌廚的那裡借到了一小袋糯米。回到堂屋裡時，爺爺已經在大棚門口等我了。爺爺在大棚的門框上扯了幾根松針在手裡揉捏。

「糯米借到了嗎？」爺爺急急問道。

「嗯，借到了。」我把口袋大小的糯米袋展示給爺爺看。

「走，走，走！」爺爺又拉住我的胳膊，他的手像鉗子一樣夾得我肌肉發痛。

在矇矓的月光下，我跟爺爺踩著虛幻得只剩一根白色絲帶的路奔向文撒子的家。

5

跑到文撒子的家門口，我正準備推開虛掩的大門，爺爺立即做了個制止的手勢。我連忙收回伸出的手。

爺爺到了文撒子家門口反倒從容不迫了。爺爺示意我不要出聲，然後指了指我手中的糯米袋。我把糯米袋遞給他。此時，他的另一隻手裡還捏著幾根松針。

「你有沒有聞到鴨血的味道？」爺爺的聲音降低到不能再低。

我搖了搖頭。我沒有聞到鴨血的味道，即使聞到了，也不可能分清是鴨血的味道還是雞血的味道。對我的鼻子來說，所有動物的血的氣味都沒有差別。

爺爺見我搖頭，便不再說什麼。他把糯米袋打開，將糯米在地上撒了一個圈，然後拉著我一起站在糯米圈裡。我不知道爺爺在做什麼，但是我能夠做的只是盡力配合他。

爺爺拿出從大棚門框上扯下的松針，對著松針哈了幾口氣，像冬天暖手的那樣。然後，爺爺將松針尖細的一端放在右手的虎口，粗大的一端捏在大拇指與食指中間。他緩緩舉起手，舉到齊眉高的時候突然發力，將手中的松針投擲出去。

松針在脫手後變成了針尖向前的姿勢，如一支射出的箭。松針向文撒子臥室的窗戶飛去，文撒子的臥室沒有關玻璃窗戶，但是在外面釘了一層紗網。十幾年前，我們那裡的窗戶都是這樣，紗網是用來遮擋一些蚊子和臭蟲的。

松針剛好撞在了紗網上，然後像碰到了蚊香的蚊子一般無力掉落下來。整個過程都是無聲無息的，屋裡的一目五先生不會發現。

我看出爺爺的手有些抖，也許是反噬作用影響了他的投擲。

爺爺做了個深呼吸，再一次舉起了另一個松針。我暗暗地為爺爺鼓一把勁。

再一次投出，松針從紗網的空隙中穿過，直接飛入了文撒子的臥室。緊接著，我聽到文撒子的臥室裡傳來「啪」的一聲。

「媽的！哪裡來的蚊子！螫死我了！」原來是文撒子用巴掌打蚊子的聲音，「不是釘了紗網嗎？怎麼還有蚊子進來！哎喲，螫得真痛！」

我能想像到，那顆松針穿過紗網，直直地扎向了趴著酣睡的文撒子。或許扎在他的大腿上，或許扎在他的臉上，不過這些都不重要，重要的是這下把他給扎痛了，扎醒了。

「咦，你們是誰？你們怎麼到我房間裡來了？」我又聽到文撒子驚訝的聲音。

「你們……你們是一目五先生！」文撒子在房裡驚叫道，「你們真是一目五先生！選婆說你們第一個會來找我，還真讓他說對啦！」

「一目五先生真在裡面啊！」我詫異地看著爺爺，爺爺卻是一臉的平靜。

「我們不要動。」爺爺說。

屋裡傳來磕磕碰碰的聲音，我能想像到文撒子此刻的驚恐。他肯定像鯉魚一樣一躍而起，面對五個鬼後退不迭。手或者腳撞倒了屋裡的東西。

「一目五先生要害文撒子了，我們快進去幫他吧！」我焦躁地看著爺爺，央求道。爺爺一把抓住我的胳膊，不讓我走出糯米圈。

「你們是看我好欺負，先來對付我是吧？」文撒子的語氣由弱轉強，一副捨得一身剮，敢把皇帝拉下馬的氣勢，「我告訴你們，我不怕你們！你們不就是四個瞎子和一個獨眼嗎？啊！我眼睛雖然不好，但是比你們強多了！你們別以為我眼睛不好就敢對我下手！對，我是撒子！他們都叫我文撒子！但是我眼撒心不撒，我心正著呢！我心正不怕鬼敲門！我不怕，我告訴你們，我不怕！想吸我的氣？沒門！你們五個鬼加起來也不過一隻眼，我一個人就有兩隻眼！我怕你們？老子就是撒子也是兩隻眼，也比你們強多了！敢欺負我？哼！」

一連串的大罵從窗戶裡傳出來，比四姥姥罵鬼毫不遜色。

接著，我和爺爺看見一目五先生狼狽地從大門跑出來。那個獨眼鬼出來的時候，看見了站在糯米圈裡的我們。它看了看爺爺，又看了看我，用單隻的眼睛和那個核桃殼一樣的眼洞看著我們。它似乎看出來是我們把它們的晚餐弄醒的，氣咻咻地朝我們瞪眼。可是它見我們站在糯米圈裡，不敢靠近來。

爺爺始終抓住我的胳膊，生怕我主動衝過去。其實我知道爺爺暫時不能捉鬼，心裡還害怕獨眼鬼靠過來呢！哪裡還有勇氣主動跑過去？

我跟爺爺站在糯米圈裡看著一目五先生向大路上走去，漸漸消失在朦朧的夜色裡。

而屋裡的文撒子還在罵罵咧咧：「你過來呀，瞎子！獨眼！你過來呀！你過來吸呀，吸我的氣呀！老子不怕你們！虧我們村的老頭子給你們做了靈屋，你們不報恩反而來報仇了是吧！沒有眼睛事小，你們還沒有良心呢！你們五個沒有良心的傢伙！」

爺爺見一目五先生走遠了，這才走出糯米圈，推開門走進文撒子的臥室。我緊隨其後，不時回頭看，生怕一目五先生殺個回馬槍。

「你們居然敢回來？老子拼了！」文撒子見有人進來，立即舉起一隻鞋子砸過來。

我和爺爺慌忙躲過文撒子的臭鞋。幸虧他的眼神不好，鞋子沒有砸中我們。

「是我嘞！」爺爺喝道，「瞎扔什麼！它們走遠了。」

文撒子的眼珠轉了幾圈，也不知道他在往哪裡看：「原來是馬師傅哦。哎呀哎呀，沒打著你吧？剛才一目五先生要吸我的氣呢！嚇死我了！哎喲哎喲，我這心窩裡跳得厲害呢！咦，我的鞋子呢？我的鞋哪裡去了？」

我捏著鼻子撿起他的鞋，扔在他的腳下。他彎下腰在地上摸了一圈，終於抓到了他的臭氣烘烘的黃布膠鞋。

「剛才我在作夢，不知道四個瞎子和一個獨眼圍著我要吸氣呢！」文撒子哆哆嗦嗦地穿起鞋，面露慶幸，「幸虧蚊子把我咬醒了。不然我再也醒不了啦！多虧了那隻蚊子。哎喲哎喲，我還把那隻蚊子拍死了呢！牠可是我的救命恩人呢！」

他在床單上一摸，摸到了那根松針。

這時，門外響起了腳步聲。不，那不是腳步聲，而是木棍敲擊地面的聲音，一下一下，跟人走路的節奏一樣，由遠及近。爺爺的眼睛裡頓時冒出了警覺的光芒。難道正是我所擔心的那樣，一目五先生回來了？可是一目五先生沒有這樣的腳步聲……

6

「馬師傅在嗎？」外面的「腳步聲」在門口停住了，並沒有像我們想像的那樣直接破門而入。那個聲音蒼老而悠長，聽到的時候感覺耳朵裡一陣涼意，彷彿誰在耳邊吹進了冷氣。

文撒子兩腿一軟，差點重新趴回到床上。幸虧爺爺在旁邊扶住了他的手。

「馬師傅在嗎？」外面又問了，然後補充道，「如果不是他給我做過靈屋，我是不會來打擾您的。」

我們三個立刻都愣了。它的話是什麼意思？

「你是做靈屋的老頭子叫你來見我的？」爺爺正要說話，文撒子卻搶在前面問道。他剛問完，立刻縮回到爺爺的背後，害怕得像隻見了貓的老鼠。

「你們這裡還有幾個做靈屋的？」帶著涼意的聲音說，「叫我來的那個人就是前幾天去世的那個老頭子，你們說的是他嗎？」

我立即起了一身雞皮疙瘩。做靈屋的老頭子剛死，他怎麼會叫人來？難道他叫來的不是人而是鬼？他叫鬼來幹什麼？不過，它的聲音雖可怕，但是既然是做靈屋的老頭子叫來的，那就不會是什麼不好的事情。這樣一想，我又給自己壯了壯膽。

爺爺簡單地說了句：「進來吧！」

「你，你居然叫它進來？」文撒子畏畏縮縮。

「沒事的，既然是老頭子叫來的，就不會是來害我們的。」爺爺寬慰道。

可是文撒子的臉還是嚇得煞白，他慌忙回身去抓了一把剪刀在手裡。

門「吱呀」一聲開了，然後木棍敲擊地面的聲音又響了起來。篤篤篤……

它進來了。我不禁倒吸一口冷氣。

它的長相實在是太醜了。眉毛、鼻子、眼睛和嘴都擠到了一起，總共沒佔臉的三分之一，臉的其他地方顯得空洞無物。而那對耳朵的耳垂顯得太長，像腫瘤一樣吊到了肩上。再看看它的手，手臂長得出奇，巴掌比常人的三倍還大，如芭蕉扇一般。而腳的長度不及常人的十分之一。所以它不知從哪裡弄來了兩根破爛的枴杖，手臂搭在枴杖上也就算了，腳也踩在枴杖的橫木上。這樣一來，不知道該說它手裡的是枴杖還是高蹺了。難怪剛剛走來時發出「篤篤篤」的敲擊聲。

「你把剪刀放回去，好嗎？」它剛進來就毫不客氣地對文撒子說。

文撒子被它這麼一說，反倒更加死死地捏住手裡的剪刀。

「我怕鋒利的東西。」它說。

文撒子看了看爺爺，爺爺點點頭。床邊有個桌子，文撒子緩緩拉開桌子的抽屜，把剪刀放了進去，然後關上了抽屜。

「我聽做靈屋的老頭子說您受了嚴重的反噬作用，打針吃藥都治不了，所以委託我來替您看看。」它說，「我活著的時候是很厲害的醫生，死後會偶爾給一些得病的鬼治病。」它一說話，屋裡的空氣立刻就冷了起來。我能看見它嘴裡的冷氣隨著嘴巴的一張一合散出，像是口裡含著一塊冰。

「他在那邊還好嗎？」爺爺指的是做靈屋的老頭子。

「他不在了。」它說。

「不在了？」爺爺問道。

「我的意思是，他現在已經不在陰間了，他很快就投了胎。下輩子他不愁吃穿，很多鬼都住了他做的靈屋，再投胎做人後會報答他的。」白色的冷氣在它的嘴巴縈繞。

「你是他叫來的？」爺爺問道。

「是啊！我死後從來沒有給人治過病，一是來一趟不容易，撞上了熟人難免起了掛牽之情；二是害怕看見鋒利的東西。我自己拿著鋒利的東西，生前給人動手術，死後給鬼做治療，從來不害怕。但是看見別人拿著鋒利的東西我就害怕。」它說道。空氣更加冷了。我忍不住打了個響亮的噴嚏。文撒子也在擤鼻涕了。只有爺爺好像沒有感覺，神態自若。

爺爺點點頭：「那真是難為你來一趟了。」

它用那個寬大的巴掌摸了摸自己的腦袋，那個巴掌簡直可以當它的帽子了。它說：「沒有辦法，要不是做靈屋的老頭子交代，我才不願意來呢！不過得了人家的恩情就要回報人家好處，老頭子的心願我必須來幫他完成啊！嘿嘿，我現在還說他老頭子，不知道現在他是不是已經變成一個胖小子了呢？」

「哪有這麼快生產的？他才投胎，還是娘肚裡的一塊肉呢！」爺爺笑道。

「那倒是。嘿嘿。」它又笑了，笑聲鑽到耳朵裡同樣是冷冰冰的。

文撒子低聲道：「馬師傅，你不是說醫生治不好你的病，只有鬼醫生才能治好嗎？現在老頭子把鬼醫生都派來給你治病了。那個老頭子還真夠意思啊！不但在捉女色鬼和瑰道士的時候幫做那麼多的紙屋，還知道你受了反噬派鬼醫生來給你治療啊！」

正在說話間，窗外飄飄忽忽傳來白髮女子的孝歌聲。

鬼醫生低頭聽了一聽，說：「這個女的唱孝歌唱得真好！可惜我死的時候沒有這麼厲害的唱孝歌的行家。給我唱孝歌的那個人嗓音太破，唱得我恨不能抽他一巴掌再走。」它又笑了。我不知道它是打趣還是說認真的。

屋裡的空氣愈加冷了。我開始不住地打哆嗦。而文撒子的嘴唇也開始抖了。

「你們兩個先出去吧！我要給馬師傅治療了，雞叫之前我還得走呢！」鬼醫生說。

文撒子早就等不及要出去了，他已經凍得不會說話了。我卻想守在爺爺的身邊。

爺爺看出了我的想法，寬慰我說：「出去吧！一會兒就好了。」

鬼醫生感興趣地問道：「這個就是您的外孫？」

爺爺笑著點頭稱是。

「老頭子也跟我說起過您的外孫呢！」鬼醫生說。它對我笑笑，那張擠在一起的臉看得我不舒服。

「你騙人！你不是老頭子派來的鬼醫生！」我歇斯底里地大喊道。

7

「你怎麼了？」走到門口的文撒子聽見我的叫喊，將跨出的腿收了回來，滿臉狐疑地看著我問道。他將手伸到我的額頭，要看看我是不是在說胡話。我一把打開文撒子的手。

「它不是鬼醫生！」我指著眼睛、鼻子、嘴巴擠到一塊兒的那張臉喊道。而這張醜陋的臉出奇冷清地面對著我，沒有一絲驚慌。這讓我非常詫異。

難道我猜錯了？一時間我有些慌亂，對自己的判斷產生了懷疑。

「它不是鬼醫生？那它是什麼？」文撒子反問道。雖然他不認為我說的是真的，但是已經開始害怕了。

鬼醫生也愣愣地看著我，似乎對我突然懷疑它的真假感到無辜。爺爺也看著我，他的眼神鼓勵我給出合理的解釋。同時，爺爺的眼神告訴我，雖然我還沒有說出理由，但是他已經相信了我的話。立刻，我的自信裝得滿滿的，徹底拋棄了對自己的懷疑。

我揉了揉太陽穴，說：「首先，它說的話就有假。它說它是做靈屋的老頭子叫來的。老頭子還沒有出葬，道士的超渡法事也還沒有做完，他老人家的魂魄還在肉身上，不可能遇見它並且叫它來幫爺爺治病。更不會像它所說的早早投了胎。它這樣說，是怕我們問起老頭子的魂魄為什麼不一起來。就算老頭子出葬了，在第七個回魂夜老頭子的魂魄也會回來看一趟，不可能這麼早投胎。其次，怕鋒利器具的鬼一般是未成年的鬼。一個人還沒有成年就去世了，他是不可能擁有高超醫術的。所以，它說來給爺爺看病的也是謊話！」

「你的意思是，它是夭折的鬼？它不是來給馬師傅看病的？」文撒子驚問道，兩眼瞪得像過年的燈籠。

我自信滿滿地回答：「如果它不是假裝怕你手裡的剪刀的話，我敢肯定它是一個未成年的鬼。因為一般只有未成年的小鬼才會害怕這些東西。」《百術驅》上有講，雖然諸如剪刀、針、刺這類鋒利的東西對未成年的鬼起不了實質性的作用，但是未成年的小鬼還是比較害怕這些東西。這也許是他們活著的時候父母警告他們遠離鋒利物品，造成他們死後仍然害怕的原因。我邊說邊用眼角的餘光注意鬼醫生的表情變化，可是它居然像石雕一樣對我的話沒有半點反應。

文撒子拍著巴掌喊道：「是呀！我怎麼就沒有沒有想到呢？馬師傅，你怎麼也沒有想到呢？」

爺爺淡淡一笑。文撒子不明白爺爺的笑的意味，我也不明白。

文撒子轉而指著鬼醫生喊道：「你是誰？不，你是什麼鬼？既然敢來圖害馬師傅？」

鬼醫生的表情跟爺爺一樣淡然，嘴角拉出一個輕蔑的笑。

文撒子恐嚇道：「剛才一目五先生都被我趕走了，我們不怕你！別的鬼見了馬師傅都會繞著走的，你居然敢送上門來！快快招來，你到底是什麼東西！」文撒子的唾沫星子噴了它一臉。

奇怪的是，它居然無動於衷。如果是一目五先生，只要聽見別人叫出它們的名字就會迅速消失得無影無蹤。它不但不害怕我看破了它的偽裝，卻淡然地看了看我，看了看文撒子，再看了看爺爺。

文撒子說話的底氣雖足，可是看見「鬼醫生」看他，嚇得連忙退到門外，手扶門框，臉上的一塊肌肉抽搐不已。

「亮仔說得不錯，它不是老頭子叫來的，不用看它怕不怕鋒利的東西，只憑這個不成熟的謊言，我就知道，它是一個夭折的鬼，不是成年的鬼。」爺爺還是保持著臉上的笑容不變。

「那，那它是誰？不，不，它是什麼鬼？」文撒子雙手抓住門框問道。

他的雙腳不停地抬起、放下，彷彿尿急一樣。

「你是箢箕鬼。你終於找我復仇來了。」爺爺目光如燭，照在這個拄著枴杖不像枴杖、高蹺不像高蹺的雙木的怪物身上。

「它是筲箕鬼？」

這次不光是文撒子，我也深深吸了口冷氣！

它居然是筲箕鬼？雖然我看穿了它假的鬼醫生的身分，但是對它是筲箕鬼還沒有一點心理防備。

爺爺釘竹釘禁錮筲箕鬼的情景我還記憶猶新，我早就知道它還會來找爺爺復仇的。我還記得我跟爺爺在化鬼窩裡跟筲箕鬼鬥智鬥勇的畫面，爺爺敲最後一根竹釘的時候，竹釘不但不進入土地，反而升起來一些。後來我在筲箕鬼的墳的另一頭拔下一根竹釘，然後跟爺爺一起敲擊才將禁錮的陣勢弄好。當時我就有不好的預感，但是擔心爺爺笑話我膽小一直沒有再提。

後來，植入月季的剋孢鬼遭遇了筲箕鬼，月季託夢告訴了我。因為爺爺正在一心一意地對付鬼妓，我再一次沒有說給爺爺聽。

再後來，我仔細查看了《百術驅》分開的地方，筦箕鬼的內容剛好分成了兩半。爺爺按照前半部分的要求做了，卻遺漏了後半部分的警示。那就是竹釘釘住筦箕鬼後，還要在墓碑上淋上雄雞的血，然後燒三斤三兩的紙錢。《百術驅》上解釋說，淋上雄雞血可以鎮住筦箕鬼，燒三斤三兩紙錢則是為了安撫它，這就叫做一手打一手摸。

如果不這樣的話，筦箕鬼只能暫時被禁錮。等到竹釘出現鬆動或者腐爛，筦箕鬼就能擺脫竹釘的禁錮。

逃脫掉的筦箕鬼的實力是原來的十倍，它會瘋狂報復當年禁錮它的人。它會比原來的怨氣更大，這樣的筦箕鬼也更難以對付。

而今，趁著爺爺遭到嚴重反噬作用的機會，筦箕鬼回來了。它選擇的時機可謂好到不能再好了。

可是，它又不像我先前認識的那個筦箕鬼。

8

我記憶中的箢箕鬼是個小男孩。小男孩的枯黃頭髮長及肩，眉毛短而粗，像是用蠟筆粗略畫成。臉色煞白，嘴唇朱紅。我第一次看見它時，它穿著過於粗大的紅色外衣，上衣蓋到了膝蓋，膝蓋以下隱沒在荒草裡。整個看起來像死後放在棺材裡的屍體，煞是嚇人。

而面前這個爺爺稱之為「箢箕鬼」的醜陋的它，看不出哪裡有一點點小男孩的痕跡。

「好了，該說的我外孫都幫我說完了，你把你的芭蕉扇和甘蔗都拿下來吧！」爺爺對箢箕鬼說。

芭蕉扇？甘蔗？爺爺說的話怎麼前言不搭後語？我心底迷惑不已。看看文撒子，他更是一臉的茫然。

箢箕鬼冷靜得很，也許是因為它知道此時的爺爺已經威脅不到它，而我和文撒子更加不是它的對手，它才敢這麼囂張。「沒想到被你們識破了。」它冷笑道。它的聲音變了，變回了小男孩的聲音，但是嘴裡仍舊冒出冷氣。屋裡的空氣溫度繼續下降。我看見爺爺的眉毛上結了一層白色的霜。我凍得手腳麻木了，而爺爺似乎受不到冷氣的侵襲，一點冷的動作都沒有。

接下來它的動作令我吃驚。它用左手掐住自己右手的手腕，狠狠一扯，像在樹上摘樹葉那樣，將右手從手臂上摘了下來！然後，它用嘴咬住左手的手腕，狠狠一拽，又將左手從手臂上咬了下來！

文撒子被箢箕鬼的動作嚇得失聲尖叫！他的臉嚴重地變了形！這恐怕是他一生中所見過的最為恐怖的一幕！

箢箕鬼的嘴巴一鬆，它的兩隻手就掉落下來。然後，它放下了兩根楞杖不像楞杖、高蹺不像高蹺的木棍。一下子，矮了許多，甚至還不及我的腰高。

「嘿嘿。」它咧嘴一笑，露出幾顆墨黑腐爛的牙齒。牙齒不像正常人那樣整整齊齊，而像老太婆一樣稀稀落落，並且上寬下尖，像食肉動物的犬牙。我記得，當初打破了腦袋的箢箕鬼牙齒還沒有長全，因為箢箕鬼是剛生下來七天就死掉的嬰兒，連乳牙都不可能長出來。可是現在，它居然長出了上寬下尖的牙齒！

它抖了抖沒了手掌的手臂，在斷腕處居然又長出了兩隻白白嫩嫩的小手！一如剛出生的小孩那樣柔嫩的小手！

再看地上的斷手和木棍，卻變成了兩個枯萎的芭蕉葉和兩截爛甘蔗。

難怪它的手大得離奇，原來它是用芭蕉葉做的！那兩個畸形的木棍是甘蔗幻化出來的。這說明它的障眼術已經熟練到了一定的程度。原來爺爺早就看出了它是假的鬼醫生。可是爺爺為什麼不早早告訴我們呢？

顯然，箢箕鬼有意假借鬼醫生之名把我和文撒子騙出去，騙得爺爺的信任，然後單獨報復當初降伏它的爺爺。它的計謀不可謂不巧妙，可是它沒有料到我會捅破它的謊言，更沒有料到爺爺在看見它的第一眼就識破了它的幻術。

筦箕鬼丟掉了芭蕉葉和爛甘蔗，終於顯現出原來的面目。只是眼睛、鼻子、嘴巴仍擠在一塊兒，醜陋不堪。後來我才知道，它的腦袋因為當初被鋤頭打破，癒合的時候不能恢復原樣，就變成現在這副醜陋模樣了。

「都怪你們當初下手太狠了，讓我心裡的怨念遲遲無法消解。今天，就是我來報復你們這些狠心人的時候了。」筦箕鬼咬牙切齒道，「現在我的實力可不是原來那樣弱了，現在有你們的好果子吃了！」

爺爺從容道：「你已經害得馬屠夫死了好幾個兒子，你造的孽也足以使你從餓鬼道墜入地獄道了。你現在還不快快醒悟，早點更改你的惡性，卻要使你自己墜入深淵嗎？難道你就不怕墜入地獄的最底層阿鼻地獄①嗎？」

筦箕鬼聽到爺爺提及「阿鼻地獄」，不禁渾身一顫。

說到餓鬼道和地獄道，我早聽爺爺講過很多遍。

1. 阿鼻地獄：永受痛苦的無間地獄，出自《法華經．法師功德品》。

餓鬼道的痛苦比地獄道要少，但是比畜牲道要大。餓鬼道與地獄道的共同點是兩道之中的眾生都是鬼類，沒有人的存在。人是屬於人道的。

地獄道的眾生，以我們平常人的眼睛是見不到的。餓鬼道的眾生，則可以用肉眼得見。餓鬼散居於不同的地方，有些在陰間，有些也散居於人間的世界。在人口眾多的地方，不太可能有餓鬼道的眾生流連。但在曠野中，或者在萬籟俱靜的晚上，餓鬼道的眾生或許就會出來，尤其是一些怨念未消的冤鬼，甚至有些冤氣太大的鬼還敢在人口眾多的地方出現。

除了部分實力強大的冤鬼，如水鬼、箢箕鬼、吊頸鬼等，餓鬼道的眾生大多承受著在黑暗中流連的飢渴與不堪的痛苦，同時也被其道中勢力強大者欺壓，比如瑰道士控制紅毛鬼。這些實力弱小的餓鬼可被區分為外障鬼、內障鬼及飲食障鬼三大類。

因為過往業力②，外障鬼經年遭遇種種外在的障礙，令其不得進食。它們的肚子很大，永遠不會吃飽。它們的腳卻十分幼細，猶如快斷的乾柴枝般，幾乎承受不住身體的重量。在遠遠見到有食物時，它們只好跌跌碰碰地勉力向前走近，但當接近食物時，由於其業力之緣故，食物便會變為各種不能吃的東西，飲料也會化為痰、膿血或尿等不能飲用的液體。此外，外障鬼一胎便會生下多個鬼子，而且鬼母的母性極重，愛子如命，偏偏卻找不到足夠食物來照顧子女，徒增痛苦。

內障鬼的口噴烈火，喉如針孔般小，所以即使成功覓得食物，也無法下嚥。即使它們能嚥下食品，這些食物入肚後，不但不令它們感到飽足，反而會令肚如火燒，痛苦非常。

飲食障鬼凡見食物，食物即變火焰、武器或種種不能供食用的東西。在餓鬼望向一條河時，全條河便會乾涸，令其不得解渴。這是因為餓鬼道眾生之

---

2. 業力：印度宗教一個普遍的觀念。認為一個人的行為在道德上所產生的結果會影響其未來命運的學說。

業力罪重而福報極低的緣故。

道士幫助餓鬼道眾生，一般用修持薰煙施食供養法或小施法等。透過佛力及咒力之加持，道士可以令薰出的煙或所施的水變為救渡餓鬼的飲食品，從而解除它們的痛苦。

爺爺恐嚇菀箕鬼「墜入地獄道」，是有他的道理的。因為地獄道比餓鬼道的痛苦要多得多。

說到地獄道，普通人最先想起的就是「十八層地獄」了。

十八層地獄的「層」不是指空間的上下，而是在於時間和內容上，尤其在時間之上。十八層地獄是以生前所犯罪行的輕重來決定受罪時間的長短。每一層地獄比之前一層增苦二十倍和增壽一倍，全是刀兵殺傷、大火大熱、大寒大凍、大坑大穀等刑罰。當到了第十八層地獄時，苦痛已經無法形容，也無法計算出獄的日期了。

第一層，拔舌地獄：凡在世之人，挑撥離間、誹謗害人、油嘴滑舌、巧言相辯、說謊騙人。死後被打入拔舌地獄，小鬼掰開來人的嘴，用鐵鉗夾住舌頭，生生拔下，非一下拔下，而是拉長，慢慢地拽。後入剪刀地獄、鐵樹地獄。

第二層，剪刀地獄：在陽間，若婦人的丈夫不幸提前死去，她便守了寡，你若唆使她再嫁，或是為她牽線搭橋，那麼你死後就會被打入剪刀地獄，剪斷你的十根手指！當然，這裡是指居心不良的牽線搭橋。如果確實是美好的再造姻緣，牽線人自然不但無過，反而有功德。

第三層，鐵樹地獄：凡在世時離間骨肉，挑唆父子、兄弟、姐妹、夫妻不和之人，死後入鐵樹地獄。樹上皆利刃，自來後背皮下挑入，吊於鐵樹之上。待此過後，還要入拔舌地獄、蒸籠地獄。

第四層，孽鏡地獄：如果在陽世犯了罪，若其不吐真情，或是走通門路，上下打點固旃海，就算其逃過了懲罰，到地府報到，打入孽鏡地獄，照此鏡而顯現罪狀。然後分別打入不同地獄受罪。

第五層，蒸籠地獄：有種人平日裡家長裡短、以訛傳訛、陷害、誹謗他人。

就是人們常說的長舌婦。這種人死後，則被打入蒸籠地獄，投入蒸籠裡蒸。不但如此，蒸過以後，冷風吹過，重塑人身，帶入拔舌地獄。

第六層，銅柱地獄：惡意縱火或為毀滅罪證、報復、放火害命者，死後打入銅柱地獄。小鬼們扒光你的衣服，讓你裸體抱住一根直徑一米、高兩米的銅柱筒。在筒內燃燒炭火，並不停搧鼓風，很快銅柱筒通紅。

第七層，刀山地獄：褻瀆神靈者，你不信沒關係，但你不能褻瀆他；殺牲者，別提殺人，就說你生前殺過牛呀、馬呀、貓、狗，因為牠們也是生命，也許牠們的前生也是人。因為陰間不同於陽間，那裡沒有高低貴賤之分，牛、馬、貓、狗以及人，來者統稱為生靈。犯以上二罪之一者，死後被打入刀山地獄，脫光衣物，令其赤身裸體爬上刀山，視其罪過輕重，也許「常駐」刀山之上。

第八層，冰山地獄：凡謀害親夫、與人通姦、惡意墮胎的惡婦，死後打入冰山地獄。令其脫光衣服，裸體上冰山。另外還有賭博成性、不孝敬父母、不仁不義之人，令其裸體上冰山。

第九層，油鍋地獄：賣淫嫖娼、盜賊搶劫、欺善凌弱、拐騙婦女兒童、誣告誹謗他人、謀佔他人財產妻室之人，死後打入油鍋地獄，剝光衣服投入熱油鍋內翻炸。

第十層，牛坑地獄：這是一層為畜生申冤的地獄。凡在世之人隨意誅殺牲畜，死後打入牛坑地獄。投入坑中，數隻野牛襲來，牛角頂，牛蹄踩。

第十一層，石壓地獄：若在世之人，產下一嬰兒，無論是何原因，如嬰兒天生呆傻、殘疾；或是因重男輕女等原因，將嬰兒溺死、拋棄。這種人死後打入石壓地獄。為一方形大石池，上用繩索吊一與之大小相同的巨石，將人放入池中，用斧砍斷繩索，使大石壓身。

第十二層，舂臼地獄：此獄頗為稀奇，就是人在世時，如果你浪費糧食，糟蹋五穀，比如說吃剩的酒席隨意倒掉，或是不喜歡吃的東西吃兩口就扔掉。死後將打入舂臼地獄，放入臼內舂殺。

第十三層，血池地獄：凡不尊敬他人、不孝敬父母、不正直、歪門邪道之人，死後將打入血池地獄，投入血池中受苦。

第十四層，枉死地獄：要知道，做為人身來到這個世界是非常不容易的，是閻王爺給你的機會。如果你不珍惜，去自殺，如割脈死、服毒死、上吊死等人，激怒閻王爺，死後打入枉死牢獄，就再也別想為人了。

第十五層，磔刑地獄：挖墳掘墓之人，死後將打入磔刑地獄，處磔刑。

第十六層，火山地獄：損公肥私、行賄受賄、偷雞摸狗、搶劫錢財、放火之人，死後將打入火山地獄。被趕入火山之中活燒而不死。另外還有犯戒的和尚、道士，也被趕入火山之中。

第十七層，石磨地獄：糟蹋五穀、賊人小偷、貪官污吏、欺壓百姓之人死後將打入石磨地獄。磨成肉醬，後重塑人身再磨！

第十八層，刀鋸地獄：偷工減料、欺上瞞下、拐誘婦女兒童、買賣不公之人，死後將打入刀鋸地獄。把來人衣服脫光，呈「大」字形捆綁於四根木樁之上，由襠部開始至頭部，用鋸鋸斃。

這十八層地獄是專門對人生前所做過孽障的人進行懲罰的。其實，除了這十八層地獄，還有專門對鬼懲罰的八炎火地獄、八寒地獄和八熱地獄。

人作惡後會打入十八層地獄，而鬼作惡後則會打入八炎火地獄、八寒地獄和八熱地獄其中的一種。而八熱地獄的最底層就是令人聞之喪膽的阿鼻地獄，亦即無間地獄。

9

「阿鼻地獄？」筦箕鬼遲疑了一下，可是它沒有被爺爺的話嚇住，眼睛裡的驚慌一閃而過，隨即被兇狠替代。它冷笑道：「我的腦袋被你們打破了，不比阿鼻地獄差多少。你們看看我的頭，已經變成什麼形狀了！」

文撒子辯道：「你害得馬屠夫還不慘嗎？你的只是外傷，他做為一個父親，受的是內傷。」我猜想文撒子本來要說「心傷」，可是一時說快了說成「內傷」了。

「我可不管這麼多，以牙還牙是我的本性。」笎箕鬼恨恨說道。它張開的嘴巴裡腐爛的牙齒一覽無遺。

文撒子嚇得連退幾步，但是嘴巴仍不示弱：「誰怕你一個小娃娃以牙還牙？你一個小娃娃，打人不過用手撓，用腳踢，用嘴咬，還能有什麼招式？」

文撒子的話倒是提醒了我。在笎箕鬼丟了芭蕉葉和爛甘蔗後，它的原形並沒有什麼特別之處。它雖然是惡鬼，但是本性還屬於小孩子，打架的招式應該和小孩子打架差不多，毫無章法。只是那口牙齒嚇人，只要不讓它咬到應該就沒有多大的事。

不過我還沒有想到什麼好方法不讓它的牙齒咬到我。

可是事實往往出乎意料之外。筦箕鬼聽了文撒子的話，像狼一樣伸長了脖子大嚎一聲。那嚎叫聲異常刺耳，像被刺痛了的孩子嗓子撕裂般哭叫。

我們三個人都緊緊捂住耳朵，可是那聲音如瞎眼的蝙蝠一般直往我們的耳朵裡鑽。

不知它的嚎叫聲持續了多久。我們幾個一直不敢把手從耳邊拿開，生怕一拿開耳膜就震裂了。

嚎叫的它也彷彿拼盡了所有的力氣，兩眼鼓脹，臉色變土，青筋暴出！它的雙手平伸，手掌狠狠地抓撓空氣；它的雙腳叉開，腳掌狠狠摩擦地面。整個形狀如一個「大」字。

文撒子已經痛得蹲了下來。筦箕鬼這才停止了嚎叫。

我放下手，可耳朵裡還是嗡嗡作響，如同被人摑了一巴掌，而那巴掌剛好打在了耳朵上。我的臉上和耳朵都火辣辣的痛。

爺爺也對筦箕鬼的這聲嚎叫猝不及防。我看了看爺爺，愣了。

爺爺的臉上有兩個紅紅的手印！

再看看文撒子，他的臉上居然也有兩個紅手印！他的皮膚因為比爺爺白，所以臉上的手印更加紅。

不用說，臉上火辣辣的感覺告訴我，我的臉上也不可避免地會有兩個紅手印。原來不是好像被摑了巴掌，而是真實的！

可是，篾箕鬼的手並沒有伸過來。

難道，它的力量是透過刺耳的聲音摑在了我們的臉上？

「夠了！」一個聲音大喊道。

「嗯？」文撒子兩手護臉左看右看，不知道「夠了」是誰說出來的。我和爺爺也是面面相覷，篾箕鬼也一驚。這是一個女人的聲音，可是屋裡四個人都是男性。

「把你腦袋打破還算是對你客氣的，我看還要把你手腳都打斷，你才能安分點。不見棺材不掉淚的東西！」還是這個女人的聲音，說話比較狠。

聲音就在耳邊，可是我分不出這聲音是從哪裡傳來的，彷彿是從窗外傳來，又彷彿是從屋頂傳來。不光是我，就是爺爺和文撒子也是左顧右盼，顯然他們也聽到了聲音但是找不到聲源。

「妳，妳是……」篾箕鬼有些心虛了。

還沒等篾箕鬼後面的話說出來，那個女聲打斷它說：「對，你知道我。所以，你最好老實一點。雖然我曾是你的同類，但是我絕不會幫你的。你敢趁著馬師傅反噬期間起壞心的話，小心我來收拾你這個醜陋的傢伙！」

我心中一喜，幸虧來者是向著我們的，爺爺現在已經沒有力量跟篾箕鬼鬥了，如果篾箕鬼趁著這個機會要對爺爺和我下手的話，我們還真沒有辦法。

「它是誰？」爺爺問文撒子。

文撒子看了看爺爺，迷惑道：「我還正要問您呢！」爺爺看了看我，我搖搖頭。

「妳為什麼跟我過不去？」篾箕鬼對著空氣喊道。剛才那聲音果然有效，筅箕鬼一邊喊一邊退步拉開跟爺爺之間的距離。看來它暫時不敢對爺爺怎麼樣了，「我跟妳沒有什麼過節吧？妳為什麼要阻礙我？」

「因為……馬師傅和他的外孫給了我新生。」女聲音回答道。

「好！」筅箕鬼說了聲「好」，卻再也說不出話來。不知道它那個「好」是答應那個女聲音，還是表達心中不能發洩的怒火。

「知趣的快給我離開！」那個女聲音沒有絲毫的客氣。

「好！」筅箕鬼又說了一次。眼睛裡的凶光並沒有因此消失。

筅箕鬼撿起了地上的芭蕉葉和爛甘蔗，倒退著走了出去。走到門口的時候，它一個返身，消失在茫茫的黑夜中。

我們連忙跟著趕出門來，想知道剛才發出聲音的到底是誰。可是，門外什麼人也沒有。文撒子急忙繞著自家房子走了一圈，一無所獲。

「沒有見到人，也沒有見到其他異常的東西。」文撒子攤開雙手說。

爺爺的眉頭擰緊了。

「您想起了什麼嗎？那個聲音說您跟您的外孫給了它新生。它可能是把你們當作救命恩人了。你們想一想，難道腦袋裡沒有相關的記憶嗎？」文撒子問道。他的恐懼還沒有完全消去，問話的時候手還有些抖，聲音也有些顫。

爺爺嘆了口氣：「可能是我曾經救過的哪個鬼吧？是我收服過的哪個鬼也說不定。剛才的聲音判斷不出從哪裡傳來的，應該不是普通的人發出的聲音。可是我捉鬼這麼久了，要說哪個鬼會記得我，我也說不清楚。」

文撒子跟著嘆了口氣，說：「也是。」

我看了看周圍。因為文撒子的家在村子的最前頭，所以從這個角度能看到這個村子的大半部分。這個村子在夜色的籠罩下顯得那樣祥和。白髮女子的孝歌順著風飄到了這個村子裡的各個角落。

這樣的歌聲不會驚擾熟睡人的夢，卻會像水一樣滲入各個不同的夢裡。

10

「真是怪事，剛才是誰的聲音呢？怎麼臉都不露一下？」文撒子撓了撓後腦勺，「幸虧剛才的聲音，不然我們可都栽在筅箕鬼的手裡了。我還說要請歪道士來幫忙制伏一目五先生呢！沒有想到還有更麻煩的東西出現了。難怪孔夫子說，禍不單行呢！一來就來一雙。」

這裡讀書很少的人認為所有的字、所有的詞都是孔子一個人發明的。

「哎呀，還要感謝那隻叮我的蚊子呢！要不是叮我一下，我恐怕被一目五先生吸完了精氣還不知道哦！」文撒子拍了個響亮的巴掌，「可是我還把牠給拍死了。」

我不禁一笑，但是不把爺爺做的事說穿。

聽到我笑聲，文撒子這才想起我和爺爺還站在旁邊：「哎喲，我差點忘記了你們還在這裡呢！快，快，進屋喝點茶吧！剛剛的事情真是驚險，我都喘不過氣來了。來來，喝點茶歇息一下，壓壓驚。」

「歇息就不用了，天色很晚了，我和我外孫都要回去，還要趕路。不過你給我們倒點茶吧！我還真有點渴了。」爺爺揮揮手把文撒子朝屋裡趕，叫他快點倒茶來給我們喝。

這時，一個人走了過來，邊走邊急急地喊爺爺：「馬師傅呀，要喝茶到我家去喝吧！」

爺爺瞇起眼睛看了看來者，不知道那個人是誰。爺爺說：「就不用麻煩你啦！喝茶哪還有這麼多講究的？在文撒子家喝點就可以了。我還要回去呢！下回啊，下回有機會到你家喝茶。」

那個人說：「那可不行，今晚你非得到我家去一趟，我家的小娃娃夜尿太多了，您得去幫忙看看。這不像正常現象。」那個人終於走近了。是個年輕的婦女，胸前的兩團非常大。

文撒子見了，連忙打招呼：「原來是弟妹哦！你家的娃娃又不聽話了？叫馬師傅帶兩個鬼去嚇嚇他，是吧？」

「你文撒子盡睜眼說瞎話，小孩子能見那些嚇人的東西嗎？不把魂魄給嚇跑了？做伯伯的也不知道疼姪子。」那個年輕婦女半開玩笑半認真地說。可以看出，她是個性格開朗的女人。不過她的口音不像本地人。

文撒子笑道：「妳是外來的媳婦，聽了一點關於馬師傅的事情，就以為他的方術什麼都能治好是吧？他掐時捉鬼有一套，但是不管看病賣藥。妳家孩子夜尿多，應該去找醫生，怎麼來找馬師傅呢？」

「可以的。」我插嘴道。爺爺也點點頭。

「這也可以？」文撒子懷疑地看著我。

「要拜雞做乾哥。」我說。

那個婦女馬上說：「是啊是啊！我在家裡做姑娘的時候也聽別人講過呢！說小孩子夜尿多要拜雞做乾哥。但是我沒有記住到底應該怎麼做。」這裡結了婚的女人說自己還沒有結婚之前的日子時，一般喜歡說「我在家做姑娘的時候」，而不說「我結婚之前」。

「拜雞做乾哥？」文撒子哭笑不得。

我之所以能回答出來，是因為爺爺曾經也給我做過同樣的「置肇」。我小時候也經常夜裡在床上「畫地圖」，媽媽一天要給我換一次床單。有時一個床單還沒有乾，另一個床單又濕了。媽媽只好把床單換個邊，然後將就用。後來爺爺給媽媽出了個點子，就是拜雞做乾哥。

爺爺搓了搓了巴掌，說：「那好吧！到妳家喝茶去。順便幫妳家小娃娃置肇一下。走吧！妳帶路。」

年輕婦女見爺爺答應了，高興得差點腳尖離地蹦起來，說了一連串的謝謝。

文撒子把門鎖了，鑰匙在手指上轉了一圈，說：「我也去看個新鮮。」

爺爺爽朗一笑，笑聲在這個寂靜的夜裡顯得悠揚。

年輕婦女帶著我們幾個穿過幾條小巷，轉了幾個小彎，就到了她家。剛到她家門口，屋裡便傳來一聲響亮的嬰兒的哭聲。接著是一個老人的聲音：「哦。哦。寶寶乖，寶寶乖，不要哭不要哭。哎呀，怎麼又把床單尿濕了？這樣尿了幾次了，都沒有可以睡覺的地方啦！」

年輕婦女解釋道：「孩子他爸不想事，還在大棚裡聽孝歌呢！他可不管孩子的，全靠我和他老母親帶孩子。」

她仰起脖子喊：「媽，我帶馬師傅來了，開門吧！」

巍巍顫顫的腳步聲在屋裡響起，一直延伸到大門後。「哐噹」一聲，門閂被拉開。接著門發出沉悶的支吾聲，一個老太太的頭在門縫裡露了出來。

一見老太太，我嚇了一跳。

這位老太太實在太矮了，如果不低頭的話，我幾乎沒有看見她就站在我面前。她的背駝得非常厲害，幾乎彎成了一個圓圈。她手腳瘦小到讓人吃驚的地步。簡直就是一個放大了很多倍的蝸牛。

她將手垂下來，手指幾乎挨著了腳背。這給我造成一種錯覺——她是靠四肢爬行的。真不敢想像她剛才是怎樣打開門閂的。

爺爺見了老太太，連忙彎下腰去握了握她的手，溫和地說：「李嫔毑，您老身體還好吧？」嫔毑是對老婆婆的另一種稱呼。我瞥了一眼老太太的手，瘦小而乾枯，彷彿雞爪。

爺爺很少主動跟人握手。可以看出爺爺見了同年輩的人或者比自己年長的人有更多的尊敬。但是在我看來，這更多的是一種惺惺相惜。這個時代已經跟他們那個時代完全不同，他們像一群被時代遺棄的人。

文撒子的話更是加劇我的這種想法。文撒子用殘酷的打趣方式問候老太太：「李嫔毑，您老怎麼越長越矮了啊？」他學著爺爺那樣彎腰跟老太太握手。

老太太連忙笑瞇瞇地說：「好，好。」對文撒子不懷好意的打趣並不生氣。

11

「家裡有養雞嗎？」爺爺直接進入主題。

「有，有。」老太太連忙答應道。她抬手指了指堂屋裡的一個角落，說：「那裡有一個雞籠。」

我們幾個伸長了脖子朝老太太指的方向看去，漆黑一片，什麼也看不到。

「你們年輕人都看不到嗎？我這麼老了還能看見呢！真是，現在的人眼睛都越來越不好了。」老太太一邊說一邊朝那個黑暗角落走過去。她的手仍垂在腳背上，走起路來和爬行真沒有什麼區別。

她說得對。現在的人眼睛整體視力水準確實一日不如一日。十幾年前，如果看見有人戴眼鏡，必定以為那人是很嚴肅的知識份子，心裡陡然升起一股敬畏之情。而現在，從學校裡走出來的人絕大多數都戴著眼鏡，有的孩子不過十歲就已經戴上了眼鏡，在那時這種現象幾乎是不可能在現實中發生的。

我還記得，當我站在家門前向大路上尋找爺爺的身影時，爺爺卻早已看見了我，並且揮手喊道：「亮仔，亮仔！」

有時我甚至懷疑，是不是從他們那輩人開始，人類的整體視力就出現了下滑。

老太太走到黑暗角落，她的半個身子隱藏在黑暗裡不見了，我只能看見她還算清晰的腦袋和肩膀。她將手伸進黑暗角落裡捉住什麼一搖，立即響起了一片雞鳴。「咯咯咯」的雞的爭吵聲在耳邊聒噪。牠們或許在埋怨老太太打擾了牠們的睡眠，正發小脾氣呢！

「果然是有雞的。」文撒子撇嘴道，一副不可相信的模樣。

年輕婦女笑道：「婆婆不常在外面走動，家裡的一雜一物都被她記在心裡啦！別說雞籠，就是一根繡花針不見了，她閉著眼睛都能在這屋裡找到。這個房子跟她熟得很呢！」年輕婦女的話裡有掩飾不住的自豪。

我奇異於她說的「房子跟她熟得很」，卻不說「她很熟悉這個房子」，好像房子是個人，能跟老太太交流似的。

不過轉念一想，很多人隨著日漸衰老，走動範圍也日益縮小。最後僅僅侷限於自己的房子周圍，把居住的房子當成了生活的碉堡，寸步不離。他們確實可以做到熟悉房子的每一寸地方，哪裡有一個小坑，哪裡有一個裂縫，那個小坑是不是比昨天大了一些，那個裂縫是不是比昨天多了一點延伸，他們都可以做到瞭若指掌。他們不把這些說給別人聽，但他們把這些細微的變化都記在心裡。

他們和他們的房子，共守這些秘密。像配合默契的夥伴，悄悄走完他們的一生。

所以，年輕婦女說「房子跟她熟得很」也是有一定道理的。也許，她也是這樣看待老太太和這間老房子的。

老太太從黑暗角落裡走出來，抱怨道：「我這個孫子別的都好，就一樣不好。白天不屙尿，怎麼逗他要他屙，就是沒有用。到了晚上就在床單上畫地圖。天天要換床單，洗床單倒是不怕，可是到了晚上睡覺連塊乾地方都找不到。」

我們這裡的方言跟普通話在用詞方面有些差別。普通話裡說大小便的時候分別用「屙」和「撒」，但是這裡的方言把大小便的動作統稱為「屙」。還有，普通話裡說「吃飯」、「喝水」，而這裡的方言說「吃飯」、「吃茶」。留別人在家裡坐一坐時就說：「吃茶了再走啊！」

當然，也有人像普通話裡那樣把這些詞分開用的。但是老一輩的人已經習慣了方言裡用詞方式，改不了。就比如我稱呼外公做「爺爺」，雖然他也知道外公這個詞，但是我要叫他一聲「外公」的話，他肯定一時半會兒習慣不了。

爺爺聽了老太太的話，笑道：「我外孫小時候也這樣呢！妳把妳孫子抱出來，我給他置肇一下。以後就會好的。」

年輕婦女連忙跑進屋裡，抱出了孩子。

「弄一升米來，米用量米的器具裝著，然後在上面插上三炷香。」爺爺吩咐道，「再拿一塊乾淨的布。」

年輕婦女把孩子交給文撒子抱住，又按照爺爺交代的把所有東西都準備好了。

爺爺將香點上，然後走向那個黑暗角落。藉助香的微光，我才看見一個柵欄雞籠。爺爺把香放在雞籠旁邊，然後把一塊布放在香後面。

「妳把孩子放到這塊布上來。」爺爺道。

年輕婦女連忙從文撒子手裡接過孩子，走到布前面。

爺爺協助年輕婦女一起將孩子放在布上。「把孩子的腳彎一下，做一個跪拜的姿勢。好了，好了，不用真跪，有個姿勢就可以了。」爺爺一面整平鋪在地上的布，一面指導她怎麼調整孩子的姿勢。

那個小孩子被他媽媽這樣擺弄一番，但是還沒有完全醒過來，只是迷迷糊糊地蹬了蹬胖乎乎的腿，打了一個長長的呵欠。

「這孩子睡得真香。」老太太用愛憐的眼神看著孫兒。

終於把孩子的姿勢擺正確了。爺爺對孩子的媽媽說：「妳扶好他，保持這個姿勢不要動。然後我說一句妳跟著唸一句。」

孩子的媽媽一臉嚴肅地看著爺爺，點了點頭。

爺爺笑了笑：「不用這麼嚴肅。唸錯了也沒有關係，重來一遍就可以。這點小事，沒有關係的。不要緊張。」

孩子的媽媽又點了點頭。

爺爺開始唸了：「雞哩雞大哥，拜你做乾哥。白天我幫你屙，晚上你幫我屙。」

孩子的媽媽跟著一句一句地唸完了。

忽然，香上冒出的煙劇烈地晃動，彷彿有誰對著香猛吹了一口氣。

同時，雞群裡也出現一陣躁動。

12

雞群很快安靜下來。只有幾隻雞咕咕的低鳴，彷彿牠們之間正在竊竊私語。

「好了，把孩子抱回去吧！以後你們不用天天洗被單了。」爺爺邊說邊抬起小孩子的手搖了搖，一臉的關愛。他總是很喜歡小孩，即使又哭又鬧的小孩他也不討厭，甚至小孩子不領情把尿撒在了他的房子裡，他還要說童子尿撒在家裡是好事。

雖然我對他如此喜愛小孩子不能理解，但是我不得不承認童子尿也許是好東西。

四姥姥的老伴得癆病③的時候，她經常到我家來討我跟我弟弟的尿。那段時間，她每天一大早就拿著一個大碗公到我家來，把睡得迷迷糊糊的我和弟弟弄醒，叫我們在大碗公裡撒尿。雖然我們很不情願被她吵醒，有時一大早也實在沒有排瀉的慾望，但是因為四姥姥每次來都給我們帶幾顆糖果，我們不得不勉為其難。

媽媽說，童子尿對她老伴的癆病有很好的治療作用。

當時我是不信的。那時的農村有很多偏方，比如小孩子的耳朵生膿，可以撿鴿子糞曬乾碾磨成粉，然後填在小孩子的耳朵裡，幾天膿瘡就好了。再比如當時沒有止咳藥，可以把臘肉、骨頭燒成灰，然後兌水喝下，這樣可以止咳。還有許多許多千奇百怪的偏方，我都不相信，但是最後居然都把人的病痛治好了。

這些偏方看起來不乾不淨，使用的時候也會噁心，但是人們活得健健康

3.癆病：結核俗稱「癆病」，是結核桿菌侵入體內引起的感染，是一種慢性和緩發的傳染病，潛伏期4～8週。

康。現在雖然醫藥治療先進了許多，但是各式各樣的奇病怪病不斷，還未見得比那時的人活得自由自在的。

年輕婦女連連道謝，抱著孩子不斷鞠躬。

我心想，剛剛拜完乾哥，還沒有看到實際的效果，她怎麼就感激成這樣呢？

爺爺也說：「妳現在先別感謝我，等孩子晚上真不多尿了，我以後經過這裡的時候妳多泡幾盅茶給我喝，就可以了。」接著，爺爺爽朗地笑了。

文撒子奉承地說：「那是必須的呀！您老人家走到哪裡，哪家都給您茶喝啊！就怕您不來呢！」

爺爺看了看外面的天色，說：「真不早了，我們要走了。」

老太太忙提著一個茶壺走過來：「說了要吃茶的，吃了茶再走吧！」

爺爺笑道：「下回再來吃茶吧！今天真晚了。我閉著眼睛都可以走回家裡，但是我這個小外孫也要回家呢！就這樣了，啊！下回來，下回來。」

爺爺一面說一面往外走。我跟著走出來。

白髮女子的孝歌還在空氣中飄盪，給這個夜晚添加了一些神秘的色彩。爺爺在門口站了一會兒，像是在傾聽白髮女子的孝歌，又像是在聽別的什麼。我也側耳傾聽，卻只聽見了飄盪的孝歌。

爺爺摸了摸我的頭，說：「亮仔，走吧！」

話剛說完，老太太堂屋裡的雞群突然雜訊大作。爺爺急忙返身進入屋裡，我連忙跟上。

等我進屋的時候，只見黑暗角落裡的雞籠已經散了架，雞籠裡的雞都跑了出來。雞大概有五、六隻，都在堂屋裡奔跑撲騰。雞叫聲淒厲。

「怎麼了怎麼了？」年輕婦女慌忙跑到黑暗角落裡去看散架的雞籠。

「是不是有黃鼠狼來偷雞了？」文撒子連忙把大門關上，怕雞跑出去。老太太也急忙返身去屋裡拿出一個燈盞點上。

剛才沒點上燈盞不是老太太摳門，而是那時農村的習慣都這樣。日出而作，日落而息。天色暗了，也就要睡覺了，雖然看東西有些費力，但是自家的東西大概在哪個地方，心裡都有數，用不著點燈。再說了，用燈盞不像點燈那麼方便，拉一下燈繩就熄。即使躺在床上了還得起來把燈吹熄，還不如一開始就不點燈。

當然也有人要點著燈躺在床上了再熄燈的。我爸爸就是這樣。而燈盞不可能放床上，總得和床有一段距離。所以，我爸爸經常在床上對著不遠處的燈盞拼命地吹氣，彷彿練一種奇怪的氣功。

老太太托著燈盞在堂屋裡照了照，並沒有發現黃鼠狼的影子。

可是幾隻雞仍在堂屋裡撲騰。雞毛像秋天的落葉一樣在半空中飄盪。忽然，一隻長著大雞冠的雄雞凌空而起，費力地拍打著翅膀，卻以一種不可思議的動作停在了半空，腦袋歪扭，雙腳並立。

文撒子、年輕婦女，還有我，都被眼前的情景嚇住了。

我偷瞄了一下爺爺和老太太，他們的神情似乎有些不同。但是哪裡不同我又說不上來。

停在半空的雞似乎也被嚇壞了，翅膀拼命地拍打，身子不停地扭動，嘴裡發出「咯咯」的呼救聲。其他幾隻雞卻停止了奔跑，心有餘悸地看著懸在半空中的同伴，偶爾還發出「咕咕咕」的鳴叫，似乎在輕聲呼喚同伴。

停在半空的雞似乎發現自己並沒有什麼危險，漸漸安靜下來，連咕咕聲都沒有了。牠歪扭著腦袋左看右看，似乎驚異於自己怎麼能停在半空。地上的雞也歪著腦袋來看半空的雞。

安靜只持續了幾秒。

忽然「啐」的一聲，懸在半空的雞脖子扭斷了，雞血飛奔而出。飛濺的雞血大部分噴到了文撒子的身上，文撒子大聲驚叫，連連喊娘。扭斷脖子的雞從空中落下，身首異處。雞的嘴張開，舌頭吐出。離雞頭不遠的地方，雞的身子還在抽搐，雞腳還在掙扎，雞爪一張一縮，似乎想抓住什麼東西。

我們都驚呆了，愣愣的不知道發生了什麼事情。

我瞟了瞟爺爺，爺爺沒有像我們一樣看著那隻剛剛斷命的雞，卻盯住了另外一隻雞。

我順著爺爺的目光看去，那隻驚魂未定的雞正看著地上的雞血，還用嘴啄了啄同伴的血，卻不知牠自己的腳漸漸併在了一起。

老太太喃喃的聲音飄到我的耳邊：「難道，難道是七姑娘來了？」

「就此打住。下面又是另外一個故事了。」湖南同學伸了一個懶腰。

一個同學說道：「一目五先生吸人精氣的那段，讓我想起一個國外神父說的很有名的話。」

湖南同學問道：「什麼話？」

「在德國，起初他們追殺共產主義者，我沒有說話——因為我不是共產主義者；接著他們追殺猶太人，我沒有說話——因為我不是猶太人；後來他們追殺工會成員，我沒有說話——因為我不是工會成員；此後他們追殺天主教徒，我沒有說話——因為我是新教教徒；最後他們奔我而來，卻再也沒有人站起來為我說話了。」那個同學說道，「這個神甫雖然沒有迫害別人，卻也沒有去救助別人，最後落得這個下場。這跟被一目五先生吸取精氣的人不是一個道理嗎？」

我們幾個紛紛表示贊同：盡一份力量幫助別人，其實就是幫助自己。

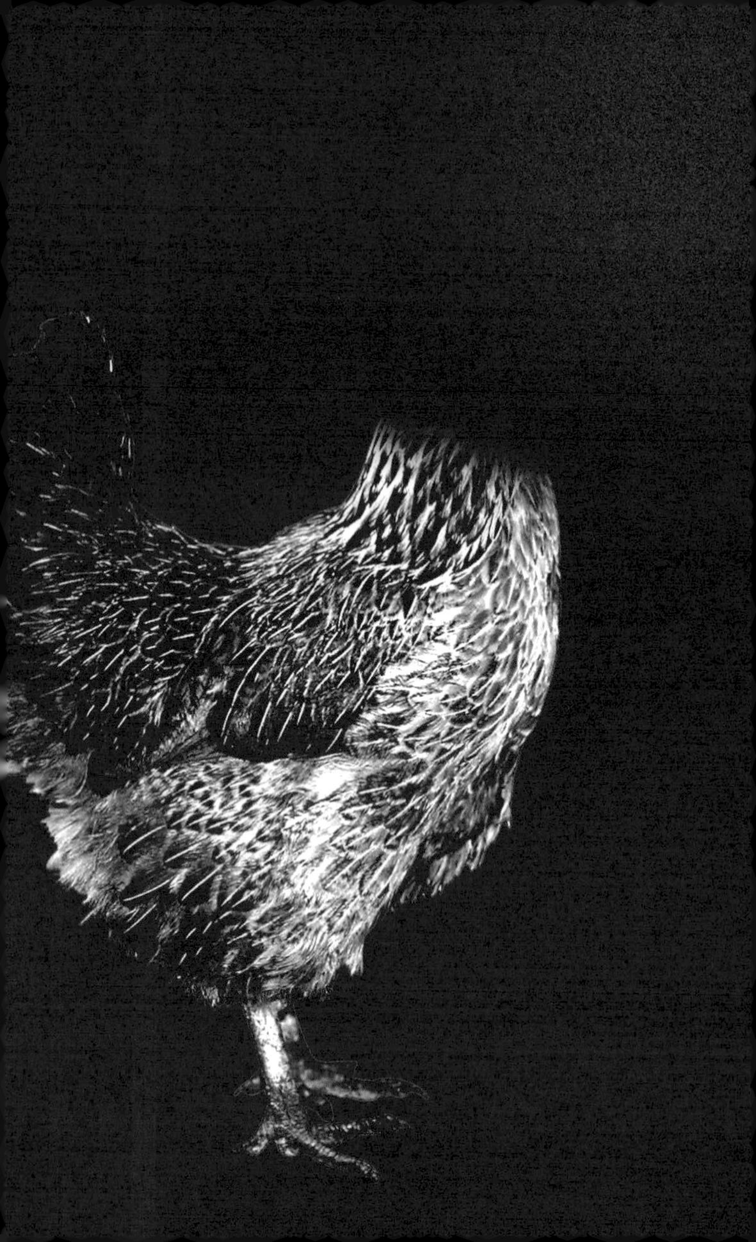

七姑娘

13

時針，分針，秒針，都居於同一起跑線上。

待在同一起跑線的，還有湖南同學的詭異故事……

「七姑娘？」我心裡咯噔一下。

被爺爺盯住的那隻雞忽然由從容變得驚慌起來。牠的頭不停地點動，明顯感覺到了雙腳不對勁，嘴裡發出驚慌的「咯咯咯」聲。

果然，其他雞突然又狂奔起來。剛剛落地的雞毛又飛起來了。雙腳併在一起的雞重複了剛剛斷命的雞的動作，凌空而起，雙翅猛拍，雞頭歪扭。

年輕婦女哀道：「我的雞呀，我辛辛苦苦餵養大的雞呀！」

老太太見又一隻雞要慘遭厄運，連忙大喝道：「七姑娘！妳吃了一隻雞就夠了，不要再傷害我家的雞！」

這一喝聲果然有效。懸在半空的雞頭不再扭轉，行動自如地向左看、向右看，彷彿雞也聽到了老太太的喝聲，要看看那個捉住牠雙腳的七姑娘到底在哪裡。

可是不光牠，我們幾個也什麼都沒有看到，別說七姑娘，連個姑娘的影子都沒有。真不知老太太口裡說的七姑娘是指什麼東西。

不過，那個看不見的七姑娘似乎根本不聽老太太的勸告。那個雞頭還沒有活動夠，又被一隻無形的手扭住了。雞的脖子動彈不得，只能死死盯住一個方向，似乎是斷頭臺上等待劊子手下刀的犯人。可是這個犯人明顯是無辜的，死到臨頭沒有一絲抗爭，卻安靜得讓人絕望。

文撒子眼睛怯怯地瞟著懸空的雞，輕聲問老太太道：「您老人家說的七姑娘在哪裡呀？」

老太太對著空氣一指，說道：「就站在那裡呢！她正捏著我家的雞的腳，要吃我家的雞呢！她生前嘴饞得很，想吃雞又吃不到，死了就經常來偷雞吃。雄雞血本來是可以避邪的，可是對她沒有效果。我猜想她的嘴巴上長著一顆痣呢！俗話說得好，一痣痣嘴，好吃無底。可是七姑娘也是可憐的人，哎……」老太太最後沒有心痛家禽的怨恨，卻對看不見的七姑娘心生憐惜。

老太太說的俗語，我常聽爺爺說起，不但有「一痣痣嘴，好吃無底」的說法，還有很多其他的說法。比如「一痣痣頸，緞子衣領」，說的是如果頸脖上長有痣，此人將來肯定是穿綢緞衣服的人，也就是說將來有錢財。又比如「一痣痣鼻，謹防身體」，說的是此人身體素質不好，要注意防患病痛。又比如說「一痣痣肩，挑水上天」，說的是此人命苦，一輩子勞累不斷。

我想，老太太或許並沒有親眼見過七姑娘，她只是從七姑娘偷雞主觀地推斷七姑娘嘴上長有黑痣。但是七姑娘臉上真長有一顆痣也說不定，因為我自始至終都沒有見到七姑娘。

即使後來爺爺用再簡單不過的方法破解了七姑娘偷雞的謎團，我仍然沒有見到七姑娘的模樣，而只見到了一隻折不斷的筷子。

爺爺見七姑娘又要掰斷雞的脖子，連忙大喝一聲：「拜堂！」

我和文撒子，還有那個年輕婦女都不知道爺爺是怎麼回事，都把迷惑的目光投向爺爺。爺爺大喝的時候一臉怒容，脖子上青筋突出，彷彿要跟誰吵架。

爺爺一生中幾乎沒有跟別人吵過架，或者說，沒有這樣怒火朝天地跟人吵過架。唯有一次，媽媽用晾衣架抽了我幾下，爺爺跟媽媽吵了一架，也是滿臉怒容，也是青筋突出。

爺爺責怪媽媽打我打得太厲害，說小孩子要打只能打屁股，屁股上的肉是呆肉。他一把奪過媽媽手裡的晾衣架，怒火沖天。媽媽見他這樣生氣，只好拖過我，又在我被打痛的地方給我揉揉，爺爺這才恢復往日的溫和。

但是媽媽在爺爺轉身離開的時候偷偷跟我說：「這個老頭子，當年我小的時候他都敢拿衣槌打我。現在我稍微教訓下兒子，他還怪我下手狠了。亮仔是你的長孫，我可是你親生女兒啊！真是只許州官放火，不許百姓點燈啊！」

雖然後來媽媽生氣的時候還是會「不擇手段」地打我，但是從來不敢在爺爺面前動我一根指頭。

雖然當時我沒有聽清楚爺爺喊出的兩個字是什麼，但是那聲大喝果然有效果。懸空的雞立即如石頭一般落地，又一次驚得其他雞飛奔急鳴。滿屋的雞毛再一次飛揚起來，如同正在彈棉花的房間。

接著，聽得「噹」的一聲，似乎有什麼東西掉落在地上。低頭看去，原來是一根老舊的筷子。

後來，爺爺跟我們說，七姑娘其實是一個很可憐的人。很久以前，她出生在窮人家，在姐妹中排行第七，所以人們都叫她七姑娘。她的父母都給當地的財主做長工，自家連房子都沒有。七姑娘給財主家養雞和鴨，經常順著從常山村那邊起源的小港灣把水鴨趕到畫眉村那頭的水庫，中間經過文天村。

文撒子打斷爺爺，問道：「馬師傅，你說的很久以前是多久以前啊？」

爺爺沒有回答，倒是老太太搶言道：「大概是我只有五、六歲的時候吧！

七姑娘那時十七、八歲，長得可好看的一個姑娘呢！可惜……」

爺爺說，七姑娘給財主養了許多年的雞和鴨，不要說吃雞或者鴨，連個雞蛋和鴨蛋都沒有吃過。財主家裡飄出來煮熟的雞肉或者鴨肉香味時，七姑娘只能跟她父母、姐妹一起吃米糠。

「吃米糠？」我驚問道。

爺爺笑道，那時候的窮人家能吃上米糠也就不錯啦！有的窮人家連米糠都吃不上，只能吃地瓜葉子、南瓜葉子。如果連地瓜葉子和南瓜葉子也沒有吃的話，有的人就會去吃觀音土④。吃了觀音土消化不了，只能活活地脹死。你以為那時候的日子和現在一樣啊？

後來，七姑娘長到了十六、七歲，漂亮的她被財主家的老爺看中了。六十多歲的老爺想娶七姑娘做姨太太。七姑娘開始死也不同意，但是在父母軟

4. 觀音土：觀音土是陶瓷製品的坯體和釉料以及黏土質耐火材料的重要原料。

磨硬泡下，她極不情願地做了老爺的姨太太。

14

跟老爺圓房後不久，七姑娘的肚子便彷彿一個被吹進氣的氣球，漸漸地大起來。

雖然七姑娘做了老爺的姨太太，可是待遇並沒有比以前好多少。老爺的大老婆是個吝嗇、嫉妒的女人，吃的、用的，能少給就少給。吃飯的時候還是老爺跟她一桌，七姑娘還是跟她父母一桌。

七姑娘氣不過，但是也沒有辦法。老爺看中她只是因為她的容貌，可沒有想過要把家產分多少給她。

第二年春天，七姑娘終於在一個陽光明媚的下午生下一個孩子。

在這個地方有個約定俗成的規矩，就是女人在生下孩子後的幾天裡，一定要吃一隻雞補補身子。家裡有雞的就不說了，家裡沒有養雞的花錢買也得買隻雞來給生孩子的女人吃。

七姑娘這下可有盼頭了。她養了半輩子的雞、鴨，就是沒有嚐到過雞、鴨的味道。她盼著老爺或者太太端一碗冒著熱氣的、散發著香氣的雞過來，然後交給她一雙竹筷子。她想著想著口水便流了出來，彷彿她的一生就為等待這一個時刻。吃了一碗雞，似乎她的人生便不再有抱怨，不再有不平等。

可是，盼了好些日子，就是不見老爺或者太太端著熱氣騰騰的雞送到她的桌上來。

七姑娘終於忍不住了，她氣沖沖地去找太太。

「別人生了孩子都吃雞，妳為什麼不殺一隻雞給我吃？」七姑娘理直氣壯地朝太太喝道。當時太太正和老爺一起吃飯。太太丟了筷子看著來勢洶洶的七姑娘。老爺仍若無其事地自顧自吃飯，把爭鬥丟給這兩個年齡懸殊的女人。

太太冷笑道：「家裡養的雞剛好開始生蛋了，等牠們生完了蛋再給妳宰一隻，如何？」

七姑娘爭辯道：「母雞生蛋，那我吃雄雞。」

太太笑道：「沒了雄雞，母雞生不了蛋嘛！你吃了雄雞，不就等於吃了母雞嗎？妳還是等等吧！」

七姑娘怒道：「雄雞有這麼多，難道宰一隻母雞就都生不了蛋？妳是找藉口不給我吃吧？我雖然是偏房，但是給老爺生了孩子，妳來了幾十年，也沒見生下一個蛋來，妳是嫉妒我，怕我當了家吧？」

俗話說，打人莫打臉。太太被七姑娘這樣一揭短，頓時變了臉色：「妳還笑話我了？我還沒有笑話妳呢！」

七姑娘反駁道：「妳有什麼可以笑話我的？我身正不怕影子歪。」

太太罵道：「別以為妳生了個孩子就怎麼了。我是生不下一個蛋來，可是，妳生的蛋是不是老爺的還說不定呢！是的，妳說宰一隻雄雞不影響母雞生蛋，但是母雞生的蛋就是另外的雄雞的蛋了。」

七姑娘惱羞成怒：「妳，妳這話是什麼意思？別以為我聽不出來。妳不要欺人太甚了！」

太太冷笑一下，上下將七姑娘重新打量一番：「不是嗎？老爺年紀都這麼大了，還能跟妳生下孩子來？誰相信哪？」

老爺聽了這話，把筷子往桌上一放，說道：「話可不能這麼說啊！」

太太的怒火立刻更加大了，唾沫橫飛地指著老爺喝道：「老東西，我沒有叫你說話的時候你給我好好吃飯。別叫我把湯潑你臉上啊！」

老爺立即噤了聲，拿起桌上的筷子繼續往碗裡夾菜。

太太又指著七姑娘罵道：「誰知道妳生的那個野種是不是外面野男人的呢！妳還好意思來找我要雞吃！」

七姑娘被太太這樣一罵，頓時哭號著要跟太太拼命。這時七姑娘的父母連忙進門把女兒拉走了。

七姑娘回到自己房裡後，越想越氣，把屋裡能砸的東西都砸了，能撕的東西都撕了。她剛生完孩子，身子骨弱得很，這樣一氣又一鬧，便病倒在床上了。

在床上哼哼了不幾天，七姑娘便斷氣了。臨死之前她還斷斷續續地說：

「我要吃……我要吃……我要吃雞……」

七姑娘死後，太太也沒有給她舉行什麼像樣的葬禮，用草席一捲，便匆匆埋葬了。

七天之後，太太家的雞群開始鬧不安。

每天晚上十二點左右，雞群裡便吵鬧不停。第二天到雞籠一看，便有數隻雞被扭斷了脖子，雞血灑了一地。

太太一開始以為是黃鼠狼來偷雞了，便晚上不睡，偷偷守在雞籠旁邊，手裡拿一把鐮刀。可是，太太一連守了三個晚上，卻不見黃鼠狼進來。村裡其他養了雞的居民卻損失了好幾隻雞。他們同樣是晚上十二點聽到雞群的鳴叫，第二天才看見扭斷了的雞脖子。

一個晚上，一個家裡養了雞的人起來小解，看到了雞被殺的整個過程，頓時嚇得直接尿在了褲子裡。

第二天這個消息便傳開了，偷雞的不是黃鼠狼。人們很自然地想到了那個苦命的七姑娘。七姑娘偷雞的說法便在人們之間傳開來。可是村裡的雞繼續減少，卻沒有一個人能拿出應對的辦法來。直到五年後，才因為一次偶然的機會使得大家知道了破解七姑娘偷雞的方法。

說來也巧，沒有人想到破解七姑娘偷雞的人居然就是她生前留下的孩子。

七姑娘死後，財主家裡的雞、鴨轉而由這個孩子來看管。七姑娘的父母沒有自己的田地，離開了財主就要餓肚子，所以縱然再為女兒抱不平，也只能忍氣吞聲，繼續在財主家打長工。而七姑娘留下的孩子，還是不能和老爺、太太同桌吃飯，只能跟七姑娘的父母一起吃米糠。

有一天，太太叫這個小孩去鎮上買白糖。小孩買了白糖回來的時候已經是傍晚，太太早就睡下了。小孩不敢叫醒太太，便順手把白糖掛在雞籠的柵欄上，然後回到七姑娘生前住的房子睡覺。

到了半夜，雞籠裡又響起了「咯咯咯」的雞鳴，先是低鳴，然後聲音逐漸變大，最後整個雞群瘋狂地嘶叫起來。

雞鳴驚醒了屋裡的所有人，老爺、太太、七姑娘的父母，還有那個小孩，都爬了起來跑到雞籠前面查看。

15

雞群裡的情況跟我和爺爺那晚見到的一樣。雞籠已經散架。先是一隻雞凌空而起，而後懸在半空不落地。接著「啁」的一聲，雞脖子被活生生扭成兩段。雞血灑了一地。其他受驚的雞「咯咯」不停，雞毛在空中飛舞。

老爺和太太見了這個情景不知道怎麼辦，七姑娘的父母看了也只能乾瞪眼。

只有七姑娘留下的孩子根本不關心雞群的鬧騰，卻非常擔心掛在雞籠上的白糖是不是從袋子裡撒了。雖然雞、鴨都是他養的，但是反正自己吃不到一塊雞肉，喝不到一口雞湯，雞的生死與他沒有絲毫關聯。但是白糖是太太叫他買回來的，他順手掛在了雞籠上。如果白糖撒了，那他少不了挨太太一頓打。加上今晚又死了幾隻雞，太太可能會把怒氣轉嫁到他的頭上，到時候屁股上不知要挨多少棍。

孩子不敢靠近雞籠，雙手抓著七姑娘母親的褲管，拼命地大喊：「白糖！白糖！」七姑娘的母親聽了孩子的叫喊，並不明白孩子喊的是什麼意思。其他人也不關心他嘴裡到底喊的是什麼，只是抖抖顫顫地看著眼前發生的一切。

可是，就在孩子喊出「白糖」之後，另一隻凌空而起的雞迅速落地。雖然那一摔使那隻可憐的雞從此斷了一條腿，但是好歹保住了脖子。

接著，雞群漸漸地安靜下來，只有幾隻受驚的雞還在「咕咕咕」地低鳴，似乎不相信恐怖的事情就此為止了。

不僅僅是雞，雞籠旁邊的人們也不相信。

沉默了許久，見再也沒有雞被扭斷脖子，老爺才蠕動嘴問：「七姑娘……七姑娘走了？」

孩子見騷動平靜下來，慌忙鬆開雙手，跑到散架的雞籠前拾起白糖。白糖從袋子裡撒出了一些，但是總歸沒有全部弄髒。孩子一喜，連忙要把白糖送到太太手裡。

「您叫我到鎮上去買的白糖。」孩子說。

太太沒有搭理孩子，卻俯身到一片雞血中細細查看。

「妳看什麼呢？」老爺見太太的動作古怪，好奇地問道。他邊問邊跟著俯身到那片雞血中查看，瞇著一雙並不怎麼明亮的眼睛。當時的月光有些矇曨，太太便吩咐孩子：「你去拿燈盞過來。」

孩子很快拿了燈盞過來。太太接過燈盞，幾乎把燈盞放到雞血中了。豆大的火焰跳躍著。

「原來是一根筷子。」太太伸手撿起了地上的筷子，上面沾上了雞血。

老爺馬上問道：「是誰把筷子丟到這裡來的？」他環顧一周，其他人都不說話。

太太說：「算了，反正筷子弄髒了，扔了算了。」說完，她揚手將筷子從窗口扔出去。

接著，窗外傳來一個沉悶的聲音，似乎是什麼人跌倒在地的聲音。

「誰？」太太立即警覺地喝道。她提著燈盞，帶著其他人立即從堂屋趕到門外。

門外什麼人也沒有。矇曨的月亮像是睡得迷迷糊糊的人的眼，它也被這個沉悶的聲音驚醒，不耐煩地看著這戶人家吵吵鬧鬧。

「是誰？」太太朝著一望無際的黑夜喊道。太太的聲音在寂靜的夜晚傳得很遠很遠，聲音碰到高大的山，便發出了重疊的回聲。

「是誰……是誰……是……誰……誰……誰……」

聽了回聲，太太突然害怕起來。她轉身對其他人說：「沒事了就好，大家都回屋裡去睡覺吧！對了，那個白糖，給我拿過來。走吧！睡覺去！明天還有事要做呢！」

老爺還想往外看，但被太太連推帶拉送進屋裡。其他人自然也就散去了。

但是，這件事很快就傳播開去。人們便紛紛開始猜測為什麼當晚的恐怖情景突然會停止。有人說是因為七姑娘看到她的親生兒子在場，怕嚇到兒子，所以馬上離開了。馬上有人反駁，雞被偷吃的事情也不是一次兩次了，有好幾次七姑娘的兒子都在場，可是也不見七姑娘立即離開。有人說當時圍著雞籠的人多，七姑娘的冤魂怕陽氣盛的場合。這個理由更加脆弱，反駁的人說雄雞血是陽氣最盛的東西，七姑娘連雄雞血都不怕，還怕區區幾個人不成？

討論來討論去，沒有一個解釋能夠讓人心服口服。最後，有一個人說，難道是因為七姑娘的孩子喊的話起了作用不成？難道她怕白糖？

可是還是有人不信服，聽說過鬼怕糯米的，但是從來沒有聽說鬼還有怕白糖的。

突然有個人靈光一閃，難道七姑娘怕的不是「白糖」，而是「拜堂」？這兩個字的發音很相近，也許是七姑娘把「白糖」聽成「拜堂」了？

這一個說法立即得到了絕大多數人的贊同。七姑娘因為跟老爺結婚而懷上孩子，又因為生了孩子而找太太討要雞吃。如此推來，七姑娘最害怕的不是其他，恰是「拜堂」！

人們立即紛紛仿效，只要半夜聽見雞群裡發生不尋常的騷動，立即大喊：「拜堂，拜堂！」這一招果然非常奏效。只要「拜堂」兩字喊出，凌空而起的雞馬上落地。

而後，地上便出現一根筷子。

養雞的人馬上撿起這根筷子扔到窗外。也有人嘗試把這根筷子折斷，但是費了九牛二虎之力，筷子連個彎都沒有，直挺挺的絲毫無傷。

筷子扔到屋外，便能聽到「撲」的一聲彷佛人摔在地上的聲音。那便是七姑娘落地的聲音。

很快，周圍的居民都學會了這招。村裡的雞的數量不再減少，可是失眠的人卻增多了。以前見到雞被凌空懸起，養雞的人毫無辦法，只能自認倒楣。後來聽到雞叫乾脆賴在床上不起來，起來了也沒有辦法對付。

人們學會對付七姑娘的辦法後，七姑娘偷雞的次數越來越少，最後幾乎絕跡了。但是財主家的太太卻一病不起了。她的手指開始發生變化，皮膚變得堅硬，指甲變成三角形。有事沒事喜歡在草堆裡抓幾下，見了草堆不抓手指便會奇癢無比。

16

那時沒有護手霜、面膜之類的東西，太太天天把雪花膏⑤塗在手上，塗厚厚的一層。醫生也請了無數個，藥也吃了不少。可是她手的皮膚日漸堅硬，最後如蛇皮一樣。抓草堆的習慣也越來越惡劣，甚至吃飯的時候手已經拿不好筷子了，於是只能用手抓飯抓菜。

太太在惶恐中生了病，不久就去世了。太太去世的那天，七姑娘的孩子剛好長得跟當年的七姑娘一般大，一天不多一天不少。

收殮的時候，給太太穿壽衣的人發現，太太的手已經變得跟雞爪沒有任

5.雪花膏：一種非油膩性的護膚化妝品。塗在皮膚上立即消失，類似雪花，故名雪花膏。雪花膏的膏體應潔白細密，無粗顆粒，不刺激皮膚，香氣味宜人，主要用作潤膚、打粉底和剃鬚後用化妝品。

何區別了。她的大拇指與食指合不到一起，收殮的人使盡了力氣也不能將她的大拇指和食指掰到一起去。入棺的時候，只好讓太太的手指像雞爪那樣趴開著。

爺爺說完七姑娘的生前事，文撒子和我，還有那個年輕婦女都沉默了許久。頓時，這個房間裡充滿了別樣的氣氛。不只有恐怖，也不只有同情。

「想不到事隔多年，七姑娘又回來了。」老太太感嘆道。她兩隻手互相搓揉，蜷縮的身體像個問號。

「哎，七姑娘一生養雞、鴨，卻從來沒有嚐到過雞肉、鴨肉的味道。臨到生產了也沒有一口雞湯可以喝。難怪她死了還這麼牽掛雞肉的味道呢！」文撒子搖搖頭低沉地說道。

年輕婦女的情緒被文撒子帶動起來：「是啊！換作是我，我也會死不瞑目的。雖然說為了一口想吃的菜，但是也值得理解。我們娘家有個老人，情況跟這個七姑娘有些相似。」

「哦？妳娘家也出現過偷雞的現象？」文撒子側了側頭，好奇地問道。

年輕婦女一笑，說道：「說來也是好笑，也是因為嘴饞的事，但不是偷雞。我們那裡有一個老頭子，在臨死之前遲遲不能瞑目，一口要斷不斷的氣在喉嚨裡卡住。他的兒女都圍在床邊。兒女都很孝順，不希望父親去世，可是見父親一口氣憋得難受，便說了很多寬心的話，勸他安心離去。」

爺爺低聲道：「老人臨終之前，兒女在旁邊哭哭啼啼其實不好，如果說些寬慰的話，讓老人安安心心地去，那才是好。」

老太太點點頭，贊同爺爺的話。

年輕婦女也點點頭，說：「可是老人還是不肯嚥氣。圍在床邊的兒女見父親的眼睛裡似乎有所求，便問，您還有什麼牽掛的，兒女一定辦好。那個老人便張嘴費力地說話，他的兒子把耳朵湊到老人的嘴巴前才聽清楚。老人說，說出來怕你們笑話呢！兒子便在老人的耳邊輕輕說，父親，您養育了我們幾十年，有什麼我們做兒女的敢笑話您的？倒是如果兒女們沒有滿足您的願望的話，做兒女的心裡不安哪，一輩子都會愧疚。有什麼您就說出來吧！」

我們幾個人聽得聚精會神。

年輕婦女接著說：「老人便跟圍在床前的兒女們說了，我想，我想喝點洋水。」

「洋水？」文撒子摸了摸後腦勺，「洋水是什麼東西？是一種水嗎？」

爺爺笑道：「說洋火，你們就知道是火柴；說洋釘，你們就知道是大鐵釘；說洋水，你們就很少知道了吧？洋水就是你們年輕人喜歡喝的汽水。」

老太太也笑了：「那個老人家還真是嘴饞，臨死不斷氣居然是為了要喝洋水。」

我在爺爺面前很忌諱提到「去世」、「死」之類的詞語，因為爺爺每看到一個同輩的人離去，便會變得很落寞。我怕爺爺聽到這些詞語會聯想到自己。可是，他和這位老太太似乎不在乎這些詞語。

也許，他們怕的並不是壽命的終結，而是壽命終結前同輩人漸漸少去的寂寥，怕的是一生中苦苦經營的東西會隨著身體的死亡而消逝。就像做靈屋的老頭子臨死前想招徒弟一樣，就像香煙山的和尚圓寂之前關心功德堂的金粉遺體一樣。在他們之後，再也沒有後來人。他們傳奇的一生就此隨著生命的消逝而消逝，不在這個世上留下任何痕跡。

想到這裡，我忍不住多看了爺爺一眼，不經意間發現，爺爺的皺紋又多了幾條。那條條皺紋似乎是大樹的年輪，隨著歲月增加。

那麼，爺爺臉上的皺紋也就是他的年輪嗎？

春回大地，萬象更新，緊挨著樹皮裡面的細胞開始分裂；分裂後的細胞大而壁厚，顏色鮮嫩，這被稱之為早期木；以後細胞生長減慢，壁更厚，體積縮小，顏色變深，這被稱為後期木，樹幹裡的深色年輪就是由後期木形成的。在這以後，樹又進入冬季休眠時期，周而復始，循環不已。這樣，許多種樹的主幹裡便生成一圈又一圈深淺相間的環，每一環就是一年增長的部分。

那麼，爺爺臉上的皺紋是不是也隱含著他一生走過的景象呢？

透過年輪，人們不僅可以測定許多事物發生的年代，測知過去發生的地震、火山爆發和氣候變化，而且還可以推斷未來。

樹是活檔案，樹幹裡的年輪就是紀錄。它不僅說明樹木本身的年齡，還能說明每年的降水量和溫度變化。年輪上可能還記錄了森林大火、早期霜凍以及從周圍環境中吸取的化學成分。因此，只要我們知道了如何揭示樹的秘密，它就會向我們訴說從它出世起，周圍發生的大量事情。樹可以告訴我們有文字記載以前發生過的事情，還可以告訴我們有關未來的事情。樹中關於氣象的紀錄可以說明我們瞭解促成氣象的那些自然力量，而這反過來又可幫助我們預測未來。

那麼，爺爺給人算八字時，是不是會仔細地看那個人臉上的皺紋呢？是不是每個人的面相都像年輪那樣，記錄著過去，同時也預示著未來呢？是不是爺爺通曉皺紋的秘密呢？

我的思想早已飄到九霄雲外。

突然，我很想把這些問題說出來，問爺爺是不是能給我全部的答案。

17

可是我沒有開口問他，因為我知道爺爺的答案。他的答案不過是一個溫和的笑。

年輕婦女說：「當地沒有賣洋水的，老人的子女立刻跑了三十多里的路程，去縣城買來了洋水。老人喝了之後，打了個嗝，終於安祥地閉了眼。」

爺爺喃喃道：「那個老人臨終前喝到了牽掛一生的洋水，可是七姑娘呢？一生都沒有嚐過一口雞湯。雖然那時候洋水很難買到，但是總比不過雞湯難以嚐到吧！他們總想著怎麼趕走偷雞的七姑娘，卻從來沒想過好心讓它喝碗雞湯。」

老太太和文撒子聽了爺爺的話，感嘆不已。

我突然靈光一閃：「爺爺，您的意思是，如果煮碗好雞湯給七姑娘喝，它就不會再來偷雞了，它就會安心離開陽間嗎？」

爺爺一愣，繼而喜笑顏開：「你這娃子挺聰明啊！我只是隨便說說，你居然想到解決的辦法了。」

文撒子也突然開竅：「對呀，要不我們煮一隻雞給七姑娘供上，這樣，它的心裡便不會再因為掛牽一口雞湯而眷戀世上了。」文撒子拍了響亮的巴掌，立即屁顛屁顛跑到散架的雞籠旁邊，撿起那隻被扭斷脖子的雞。

「你幹什麼？」老太太問道。

文撒子狡黠地笑道：「老人家，我是為您省一隻雞呢。反正這隻雞已經被弄成這樣了，相信你們也不放心吃了。不如把這隻雞將就煮了供奉給七姑娘。」

老太太頓時怒了，她一巴掌打掉文撒子手裡的死雞，唾沫橫飛地罵道：「人都不敢吃了，你還要供給亡人吃嗎？雖然我老人家養雞也不容易，但是既然供奉，就要選好的雞。家裡來個客人我都要殺隻雞呢！供奉給魂靈我就連一隻雞都捨不得了？」

這一番話罵得文撒子低頭垂眉，不敢有一句反駁。

老太太轉頭吩咐兒媳婦：「妳去挑一隻好雞，壯一點的，精神一點的。殺了敬給七姑娘。」

爺爺連忙阻止：「我外孫也只是隨便說說，有效沒效我也不知道呢！要是殺了雞供奉了沒有起作用呢？我可不敢打包票哦！您老人家別這麼急忙火忙嘛！」

老太太對爺爺說的話語氣要好多了：「馬師傅，既然有個辦法，我們就試個辦法。殺了雞再看效果嘛！要是萬一可以呢？你不知道，我兒子十歲的時候，在山上誤吃了有毒的果子，臉色變紫，神志不清，口裡直吐白沫，一句話也說不出來。村裡的百十號人圍在旁邊，就是不知道怎麼救他。剛好一個瘋子經過這裡，從懷裡掏出一團黑黝黝、油膩膩的東西給我，叫我塞到兒子的嘴裡。別人都勸我別聽瘋子的，說孩子已經這樣了，受不起更多的折騰。要是在平時，我怎麼也不會相信瘋子的話。但是當時我就腦筋不轉彎，偏偏把那黑黝黝、油膩膩的東西塞進了兒子的嘴裡，死馬當作活馬醫。沒想到，幾分鐘以後，我兒子臉色轉紅，竟然恢復了神志。要不是那個瘋子，我現在哪裡有兒子養哦！哪裡有孫子可以抱哦！」

文撒子假惺惺拱手道：「那個瘋子是菩薩呢！」

老太太呸了文撒子一口，說：「救命的就是菩薩。你幫別人忙，你也是菩薩。等我兒子好了，我再去找那個瘋子時，那個瘋子已經走了。我找遍了附近幾個鄉鎮，就是沒有找到當初那個瘋子。於是，我想也許我的兒子不死，就是因為我有善心，我幫的人多了，積了德。那些積的德平時是看不見、摸不著的，但是遇到事的時候就會起作用，我認定是這個救了我兒子的命。」

文撒子連連說是。老太太的兒媳婦也不是小氣的人，早已捉了一隻雞在手裡。不知那隻雞是經過了剛才的驚嚇變得有些癡呆了，還是聽了老太太的話認為有道理，牠在年輕婦女的手裡一動也不動，乖乖就範。

老太太轉身走到兒媳婦身邊，摸了摸那隻安靜的雞的頭，慈祥地說道：「雞呀雞呀，你被人宰、被人殺也別有怨言，誰叫你是雞呢？這是你的命。等你下世投好胎不做雞就好了。」

在這一點上，老太太和爺爺有些相似之處。爺爺殺雞後，總要把雞的翅膀張開，然後把雞頭藏進翅膀裡，說是等雞過山。而我的父親這一輩人，殺了雞後直接丟進開水裡泡，然後開始拔雞毛。相對來說，爺爺這一輩的人似乎對雞、鴨、鵝這一類的生靈有一種特殊的感情。

老太太的兒媳婦辦事很痛快，很快便把雞煮熟了。香氣立刻充盈了整間房屋。

因為老太太要爺爺幫忙做供奉的儀式，所以我們一時半會兒還是不能走。

在老太太的兒媳婦煮雞的閒置時間裡，爺爺正和老太太話家常。我們五個人圍在火堆旁，等雞完全熟透。火堆是由幾塊大青磚圍繞而成，煮飯、炒菜便都在這幾塊青磚中間進行。因為燒的是稻草，草灰便特別多。掛飯鍋的吊鉤由一根結實的麻繩繫住，麻繩的另一端繫在房樑上。飯鍋、吊鉤、麻繩，還有房樑，都被草灰薰成了黑色。這是那時農村的一個典型景象，也是我記憶中的一個最深刻的印象。

我對那時的農村印象有很多，這只是其中之一。其他的還有：牆上用米湯黏的報紙，八仙桌底下陶罐裡醃製的酸菜，堂屋對著大門的那面牆上懸掛的毛主席畫像，還有用稀牛屎刷了一層的大曬穀場。

這些印象不是連貫的，都是零零散散地存在我的記憶中。並且，這些記憶隨著時間的推移離我越來越遠，遠到我模模糊糊地看不清它原來的模樣。每當回想的時候，既溫馨又傷感。讓我這種情愫變得更加劇烈的，是爺爺那張慈祥的笑臉。

飯鍋底下的稻草發出「劈劈啪啪」的輕微爆裂聲。濃烈的煙從稻草的間隙冒出來，像墨魚吐出的墨汁，直往外竄。吊繩、房樑就在濃烈的煙中忽隱忽現。

文撒子打趣道：「這樣的煙最好薰臘肉了。」接著故意用力地咳嗽了幾聲。

「裡面有青東西，應該把這些草再曬曬的。燒了青東西會瞎眼睛的。」年輕婦女一邊撥弄火堆裡的稻草一邊說。

「人要忠心，火要空心。」老太太說，一邊把年輕婦女手裡的火鉗⑨接過來，親自在稻草燃燒的那頭撥了撥。很快，爆裂聲沒有了。「妳得把燒燃的

5.火鉗：民間燒火時用來添加柴火或者煤炭的一種使用工具。

那頭撥成空心的，像妳那樣直接塞到鍋底下，煙也多，火也不大。你們年輕人都燒煤燒氣，圖方便。這樣的稻草你們是燒不好的。」

年輕婦女不好意思地笑了笑。

爺爺見老太太佝僂著身子，燒火的時候非常吃力，便說：「讓我來燒吧！」爺爺拿過火鉗，把正在燃燒的稻草夾了一半往稻草灰裡一塞。稻草燃著的那頭立即熄滅了。

文撒子揮手道：「馬師傅，火本來就不大，您再減少一半稻草，這雞就要煮到明天早上了。」

爺爺不答他的話，把剩下的一半稻草聚集起來，然後用火鉗夾住，把燃著的那頭稍稍一提。「砰」的一聲，火苗一下竄了起來，嚇得文撒子往後一仰，差點從椅子上翻下來。

年輕婦女和老太太都笑了。

火不但沒有減小，反而燒得更加熱烈。

文撒子自找臺階下，說道：「馬師傅逗我玩呢！」

爺爺沒有搭理文撒子，轉頭對老太太說：「老人家您捨得一隻雞給七姑娘吃，那我也不妨給您說點東西。說得不好，還請您老人家多多包涵。」

老太太笑道：「看您把話說的！我不過捨得一隻雞罷了，您可是費力氣幫人家置肇這置肇那的。」

爺爺點點頭，說：「其實我一進門就看到您駝背駝成這樣，就有些懷疑了。」

聽爺爺這樣一說，老太太和她的年輕兒媳立即把目光聚集到爺爺身上。紅色的火光在爺爺的臉上跳躍，造成一種神秘的色彩。

「哦？」老太太簡單地回應了一聲。

爺爺撥了撥火堆裡的稻草，火苗又竄了兩尺多高。爺爺把火鉗在青磚上敲了敲，發出清脆的金屬碰撞聲。然後，爺爺抬起頭，詢問道：「您的背是不是今年才駝得這麼厲害的？」

年輕婦女搶答道：「我媽原來就駝背，不過不瞞您說，她原來可沒有這麼駝背。我嫁到這邊來的時候，她也駝得很，不過也沒有駝到現在這麼厲害。您看，現在她的手自然垂下就可以碰到腳背了。」

老太太點頭道：「我以前確實駝背，但是今年駝得更嚴重了。」

爺爺問道：「不光背更加駝了，背上是不是感覺沉甸甸的，好像壓了一塊石板？」爺爺一邊說，一邊繼續假裝漫不經心地撥弄火堆裡的稻草。我知道，爺爺是怕聽他話的人緊張，故意裝出若無其事的樣子。

「咦？您還真說中了。我也嘗試努力挺直身子，以前駝背的時候，自己用力挺挺身子還是可以稍微好點的。可是今年開春以來，我不但挺不起身子，反而覺得背上壓著一塊重重的石板。它使我只好順從地更加駝下來。」老太太雙手掐在腰間，模仿背石板的動作。

文撒子用他習慣性的嘲諷口氣說：「老太太，您也真是會拍馬師傅的馬屁呢！他說您背著一塊石板，您就真以為背著石板呢！就算您老人家真覺得背上有壓力，但是您可以說是像一袋稻穀壓在背上，也可以說像打穀機的箱桶壓在背上，怎麼偏偏就說像塊石板呢？」

雖然我不喜歡文撒子揶揄的口氣，但是覺得他的話不無道理。

老太太指手畫腳道：「我沒有拍馬屁。真的。我不但覺得背上有壓力，還覺得背上有一陣陣清涼的寒氣浸到皮膚裡。如果是背稻穀的話，會有穀芒扎人的感覺；如果是打穀機的箱桶的話，會有硌人的感覺。我年輕的時候什麼農活沒有做過？當年給地主蓋房子，我也背過石板呢！現在還真是馬師傅說的那種感覺，像背了塊石板。」

年輕婦女聽婆婆這麼一說，連忙從爺爺手裡搶過火鉗，緊張地問道：「難道有什麼怪事？是不是有什麼東西附到我媽的身上了？她還天天給我帶孩子呢，孩子不會受影響吧？」

文撒子斜眼看了看年輕婦女，不屑道：「妳這就不對了，現在馬師傅說的是妳婆婆，妳卻只問妳的孩子。太自私了吧！」

還沒等文撒子把話說完，老太太吞吞吐吐地問爺爺道：「我抱孫子次數最多了，會不會對我孫子造成影響啊？」聽了老太太的話，文撒子抿了抿嘴，馬上噤了口。

爺爺揮揮手道：「沒事的。您孫子沒事，您也沒有事。只要把拜石恢復到原來的地方就可以了。」

「拜石？」老太太的聲調突然升高了許多。「拜石那東西誰敢隨便動？」

爺爺眉毛一擰，說：「是啊！照道理說，誰也不會亂動那種東西。」

年輕婦女迷惑道：「拜石是什麼東西？」

文撒子笑呵呵地解釋道：「妳是外地人，不知道我們這裡的話跟你娘家的話有些差別吧？拜石就是墓碑，上面刻故先考某某大人之墓，或者故先妣某某大人之墓的石板。」

年輕婦女一邊燒火一邊問道：「拜石就是墓碑？」

文撒子說：「因為過年過節後輩的人要跪下祭拜，所以我們這裡的人又稱它為拜石。」

「哦！」年輕婦女點點頭，轉而問老太太，「您老人家怎麼可以隨便動人家的墓碑呢？」

「我，我，我沒有呀！我最忌諱亂動亡人的墓碑了。」老太太把迷惑不解的目光投向爺爺。爺爺正低頭掐著手指算著什麼，嘴巴裡唸著聽不清楚的話。

19

大家都不再說話，默默地看著低頭冥想的爺爺。鍋裡的水已經開了，沸騰的水掀動被煙薰黑的鍋蓋，陣陣的香氣從中飄出，鑽入了我們貪婪的鼻子。

年輕婦女手裡的火鉗也停止了運動，鍋底的火漸漸變小。

「喂，注意燒火。這雞肉要多煮一會兒。不然七姑娘吃的時候會覺得肉緊的。」爺爺收了正在掐算的手，拿過火鉗夾了稻草往鍋底下塞。火焰立即又大了。

文撒子打趣道：「馬師傅，能給她煮一隻雞就不錯啦！哪裡還管不管她是不是咬得動？再說了，七姑娘已經是鬼了，哪裡還有牙齒？她只要嗅嗅就可以了。我看燒得差不多了，可以盛起來了。等你們敬完七姑娘，我再夾兩筷子試試味道。我也好久沒有吃過雞了呢！真不知道老太太您怎麼養雞的，我家養的不到拳頭大小就都得雞瘟死了，餵鹽水也不管用。」

「既然已經煮了，就要煮好。」年輕婦女反駁文撒子道，然後她轉了頭問爺爺：「您說的拜石到底是怎麼了？您怎麼知道我媽一定動了人家的拜石呢？」

爺爺把稻草下面的草灰扒了扒，稻草下面空了許多，火焰從稻草的空隙竄出來，像蛇芯子一樣舔著黑色的鍋底，彷彿它也饞著鍋裡的雞肉。

爺爺習慣性地敲了敲火鉗，說：「妳媽媽不只是簡單地動了人家的拜石，並且經常踩在拜石上面。正因為這樣，所以妳媽媽會有被石板壓住的感覺。這正是拜石報復呢！它故意反過來壓著妳媽媽，就是要警告妳媽媽不要再踩它了。」

「經常踩著拜石？」年輕婦女睜大了眼睛，一副不可置信的樣子。文撒子的注意力終於離開了鍋裡的雞肉，轉而關注爺爺正在談論的話題。

「您說她老人家經常踩著人家的拜石？不是吧？您說她老人家可能上山砍柴的時候不小心踩過荒蕪的墳地，或者走哪條路的時候絆了人家的墳墓，不小心踩過一兩次也就算了，這都是情有可原的。可是您居然說她經常踩拜石，這不可能嘛！」文撒子斜了眼看爺爺，嘴巴歪得像跟誰賭氣似的。

「難道我們家的地基原來是墳地？」年輕婦女突發其想。

「不可能啊！」老太太說話了，「這房子建起來的時候撒了竹葉和大米呀。就算原來做過墳地，也應該沒有事的。」特別是在春天動土，如修地坪、挖裝地瓜的地洞，他們都會在動過的泥土上撒些竹葉和大米，以示告慰土地神不要怪罪。」

「那就怪了。我掐算出來就是這樣啊！」爺爺也納悶了。

「肯定是您掐錯了。要不您再掐算一遍？」文撒子說道。

爺爺搖了搖頭：「我一般不重新掐算一遍的，掐出來是怎樣就是怎樣。」

文撒子有些不滿，眼睛斜得更厲害了，又用習慣性的揶揄口氣道：「你外孫做試卷做完了老師也會要求他多檢查一遍呢！」然後他用尋求贊同的眼神瞄了瞄一旁的我，意思要我也勸爺爺再掐算一遍。

我假裝沒看見。

倒是年輕婦女不要求爺爺重新掐算。她問老太太道：「您再想想，看是不是哪裡得罪了拜石。」

「沒有呀！」老太太堅持道。她的表情不像是裝出來的。

「我看是馬師傅瞎掰。嘿嘿，馬師傅別怪我說得不好聽啊。我這人就是心直口快。哎！雞肉好了。妳去拿根筷子來。」文撒子揭開了飯鍋蓋，用鼻子在冒出的蒸氣上拼命地吸氣。我感覺他就像一目五先生其中的一個。

我剛有這樣的想法，文撒子卻跟我想到一塊兒去了。他對我笑了笑，說：「剛才一目五先生還想吸我的氣呢！沒想到現在我來吸雞的氣了。哈哈。馬師傅，您說說，一目五先生吸別人的氣的時候，是不是也像我們人吸這些氣一樣過癮啊？」

「我怎麼知道呢？你親自去問一目五先生吧！」爺爺笑道。

年輕婦女拿來了一根竹筷子。我看見了單根的筷子，立刻想到了七姑娘變成一根筷子的情形。

文撒子拿了單根的筷子，往鍋裡的雞身上捅了捅。筷子輕易捅破了雞肉的皮層。

「熟了，熟了。」文撒子舔了舔嘴唇，差點流出三尺長的口水來。「七姑娘這回可以咬動了吧！拿碗來，我把雞肉和雞湯都盛起來。」文撒子在這裡沒有一點收斂，好像這裡是他的家似的，好像這隻雞是他宰了要送給七姑娘吃似的。

年輕婦女拿來了一個大碗公。

文撒子用勺子把雞肉塊都盛到了碗裡，又提起飯鍋把湯倒了進去。鍋底還剩下幾根脫了肉的雞骨頭，看來雞肉已經煮爛了。不多不少，剛好一大碗公。那時候農村養的雞都是土生土養的，能煮一大碗公還算是很大的雞了。不像現在，即使是農家養的雞，也是吃了飼料的，長得比過去的雞大了整整一倍，但是雞肉再也沒有以前那麼鮮了，吃起來索然無味。

接下來輪到爺爺上場了。爺爺把大碗公端到剛才七姑娘出現的地方，在灑了雞血的地方插上三炷香，唸了一些我聽不懂的話，然後示意我們不要靠近那個地方。

我們遠遠地站了一會兒，都靜靜地看著那碗冒著熱氣和香氣的雞肉。我想像著一個漂亮的女子從門口進來，不跟我們其中的任何一個人打招呼，便躡手躡腳地走近那個大碗公。那個女子的模樣應該就和老太太見過的那個養了一輩子雞、鴨卻一輩子沒有吃過雞肉的漂亮女人一樣。

也許是她聞到了雞肉的香味跑來的，也許是剛才爺爺說的那些聽不懂的話召喚她來的。總之，她來了。這裡還有一碗熱氣騰騰的雞肉等著她。

也許，她滿懷感激地看了看旁邊的幾個好心人；也許，她根本不關心這裡站的都是誰，她只關心那碗盼了一輩子都沒有盼到的雞肉。

我想，也許當她趴下來把嘴唇靠近大碗公的邊沿時，手已經激動得顫抖了。

我看了看爺爺，爺爺正面帶微笑地看著大碗公的方向，似乎他已經看見那個女子在那裡吮吸油光點點的雞湯了。他甚至有微微側耳的小動作，似乎還聽見了七姑娘吮吸雞湯發出的「吸溜吸溜」聲。

我看到了爺爺祥和的目光，這種目光不會憑空出現。只有面對可憐的人和不幸的人，爺爺才會出現這種目光。我一直納悶的是，為什麼爺爺從來不對這些人露出可憐或者痛惜的目光，卻要用這種祥和的目光。

我問過爺爺。爺爺說，我們生活的世界本來就是一個婆娑世界。

我又問，什麼是婆娑世界。

爺爺說，婆娑世界就是人的世界。

我覺得爺爺在跟我繞圈子。也許爺爺不想讓年幼的我知道太多人生的苦澀，雖然可能他早已看透人生的空虛和苦難，但是他還要把所有的美好都教育給我，從來不讓我看到他所看到的世界。

湖南同學的眼神有些縹緲，不知道是不是想起了遠方的爺爺。

一個同學說道：「七姑娘是挺可憐的。不過現在人們的生活水準提高了，不會因為一隻雞而耿耿於懷了。」

另一同學笑道：「人心是永無止境的。小時候盼望一件新衣服，上學了盼望一個漂亮書包，後來又盼望一張錄取通知書，長大了盼望好媳婦，有了媳婦又盼望大房子。」

將軍墓碑

20

「中國古代『墓而不墳』，只在地下掩埋，地表不樹標誌。後來逐漸有了地面堆土的墳，又有了墓碑。」湖南同學在秒針離開豎直方向的同時開口說道，「今天，我給你們講一個關於墓碑的故事……」

當時我沒有再細問爺爺，只是把「婆娑世界」這四個字記在心裡，把這四個字當作我對人的世界的一個粗略模糊的理解。後來我上大學後，有機會進入龐大的圖書館尋找自己想看的書，終於在一本關於佛教的哲學書上看到了「婆娑世界」的解釋。

其中有一段我記得非常清楚。書上是這麼說的：佛經裡說的婆娑世界是指「人的世界」，也便是永遠存在缺憾而不得完美的世界。熙熙攘攘，來來去去，皆為利往。人活在這婆娑世界中就要受苦，而這苦字當頭卻也不見得立刻就能體會。便是體會了也不等於解脫，看得破卻未必能忍得過，忍得過時卻又放不下，放不下就是不自在。苦海無邊，回頭無岸。但凡是能叫人真正自在的東西，總是發於內心的，所以岸不用回頭去看，岸無時不在。古靈禪贊禪師有一首詩偈說：「蠅愛尋光紙上鑽，不能透過幾多難。忽然撞著來時路，始信平生被眼瞞。」很多人總是希望找尋來時的路，唯恐丟失了自我的本真，卻常陷落在樹欲靜而風不止的境地裡。

我這才理解爺爺為什麼會用祥和的目光看著那些可憐的人。原來爺爺在十幾年前就早已看透了這個世界。

在那個雞湯香味充斥的空間裡，爺爺祥和的目光告訴我，這個堂屋裡還有一個生靈。這是一個可憐的生靈。

過了一會兒，三炷香都燒到了盡頭，只剩刷了紅漆的木棒發出暗紅的炭火。但是很快，暗紅的炭火也熄滅了。

就在這時，我突然看見爺爺的眼睛裡有一個拖遝著腳步的身影！那是一個女人的身影！我看見了她的側面，雖然是側面，但是可以看出這是一個漂亮的女人。長長的頭髮如烏雲一般垂到了腰際，而從烏雲裡露出的半張臉卻像明月一般吸引人。

爺爺的目光還是那麼祥和。

我驚訝地張大了嘴。眼看著那個美麗的女人走入爺爺的瞳孔，又走出爺爺的瞳孔。我不敢大聲呼吸，不敢告訴其他人，不敢打破爺爺祥和的表情。

「嗯，好了。」當那個身影走出爺爺的眼睛時，爺爺立刻緊閉了眼，發出了一聲輕嘆。他是在嘆息這個可憐的女人，還是在嘆息他所說的這個婆娑世界？

文撒子聽到爺爺的話，立刻搶先一步端起那個大碗公，拿出一個鮮嫩的雞腿放進了嘴裡。

年輕婦女譏諷道：「我還以為你為什麼這麼熱情呢！原來是為了最後吃

點雞肉啊！」

老太太弓著身子道：「哎呀，文撒子，你怎麼可以吃鬼用過的雞肉呢？快點放下，我把它倒掉。敬了菩薩的東西可以吃，但是敬了鬼的東西吃了不好啊！」

「倒掉？那多可惜啊！」文撒子說完，又開始喝湯，發出「吸溜吸溜」的聲音。

湯還沒喝兩口，文撒子突然嘴角一扯，露出難受的表情。接著，他一隻手捂住了腹部。喘著粗氣，彎下了身子。大碗公沒有拿穩，雞湯灑了些出來。

「怎麼了？」老太太連忙上去扶住文撒子，「你怎麼了？」

「哎喲哎喲，我的胃痛得厲害。哎喲，怎麼這麼疼呢！」文撒子咬緊了牙關，小心翼翼地將大碗公放回原處。「不行不行，我得馬上上茅廁，肚裡已經咕嚕咕嚕地叫了，好像裝了一肚子的水。哎喲哎喲，您老人家的茅廁裡有手紙吧？」

「有的，有的。你快去吧！」老太太朝屋後揮了揮手。

文撒子立即雙手捂住了肚子，像一隻馬上要生蛋的母雞一樣，飛快地朝屋後跑去。老太太隨後把大碗公端起，走到外面將雞湯倒了。

年輕婦女笑道：「說了不要他喝，他偏偏嘴饞。自作自受！」

爺爺看了看外面的天色，然後回頭對我說：「亮仔，今天已經太晚了。你就跟我到畫眉村去吧。明天再回家。」

年輕婦女在爺爺後面不好意思地說：「馬師傅，真對不起啊！拖延了您這麼長時間。本來以為給雞拜了乾哥就沒有事了的。沒想到還碰上了七姑娘這些麻煩事。真是對不起啊！」

爺爺笑笑：「沒事。給七姑娘置肇也是好事，怎麼能說麻煩呢？」

我跟爺爺正要出門，突然文撒子從屋後衝了出來。他用那雙瞄不準物件的眼睛看著我們的旁邊，大喊道：「馬師傅，馬師傅先別急著走！」

「怎麼了？」爺爺轉過身來，「你就住在這裡，當然不急了。我和我外孫還要趕夜路呢。」

文撒子給爺爺豎起一個大拇指，說：「馬師傅，我知道老太太為什麼駝背了！」他提了提鬆垮垮的褲子，滿臉的認真。

21

「你知道？你怎麼知道的？」年輕婦女撇了撇嘴，對文撒子還沒有繫好褲帶便跑出來有些不滿。我看了看外面的夜空，星光閃爍。天幕就像一塊被捅了無數個洞的黑布，從那些洞裡漏出的光是來自另一個世界的。

文撒子見我看夜空，便也抬起頭來看了看外面，說：「確實很晚了哦！馬師傅還要趕路呢！那我不說了，下次碰到馬師傅再說這事吧！」

年輕婦女不知道文撒子故意逗她，急急拉住文撒子的衣袖道：「你既然說知道了，就說出來讓我們聽聽呀！」

「那不就是了！」文撒子得意地笑了。

爺爺說：「文撒子，你不說我可真走了啊！」

這下是文撒子急了。他慌忙繫住了褲子，然後一邊擺弄衣角一邊說：「老人家她果然如你所說踩了拜石。我剛剛上廁所的時候，發現踩的石板不同尋常，樣子非常像一塊拜石。」

年輕婦女打斷文撒子的話，說道：「不可能，架在茅坑上的少說也有兩米多長，哪裡有這麼長的墓碑？你是不是聽了馬師傅的話後看哪塊石板都像墓碑了？」

文撒子有些急了：「真是的！我騙妳幹嘛？我蹲在石板上的時候也不相信。我也沒有看見過這麼長的拜石。可是如果妳仔細看的話，上面還有模糊的字呢！可能是年代好久了，上面的刻字磨損了許多。我猜想妳婆婆或者妳丈夫把這塊拜石搬到家來的時候就沒有注意到那些模糊的字跡。」

「上面還有字跡？」爺爺皺了皺眉，「有兩米多長？」

老太太在旁邊揮手道：「不可能的，一般的墓碑頂多半個人高，哪裡有兩米高的拜石？如果確實有兩米高的墓碑的話，那寬怎麼也得半米吧？可是我家茅廁裡的那塊石板才我的半個手臂寬呢！我見這樣的石板剛好架在茅坑上做踏板，就叫我兒子搬來了。」

文撒子急了，他朝老太太和年輕婦女擺了擺手，然後拉住爺爺的手說：「懶得跟妳們爭辯，我叫馬師傅去看看那塊石板就知道了。」

我們幾個人一起來到了茅廁，裡面的味道自然不好聞。

茅廁裡也暗得不得了。老太太家的茅廁沒有蓋青瓦，只是用厚厚的稻草在屋頂鋪了一層。茅廁的窗戶也簡單，一個粗糙的木框上釘了幾塊木板。月光就是從那個古樸得有些寒酸的窗戶裡照進來的。月光落在進茅廁的光滑小道上，而文撒子所說的石板隱藏在暗角。

剛進茅廁，我的眼睛還沒有適應黑暗，除了印在地上的四四方方的月光，其他什麼也看不見。

可是爺爺剛剛進門便輕輕說了一句話。那句話說得很輕，可是剛好讓大家都能聽到。他說：「這不是普通人家用的拜石，肯定是王侯將相的拜石。」

文撒子驚道：「什麼？王侯將相的拜石？難怪老太太的背駝成了這樣呢！」

而我雖然站在他們的旁邊，卻在這個味道古怪的小屋看不到他們談論的拜石。爺爺跟文撒子彷彿戲臺上的戲子，虛擬著某個道具唱著紅臉、白臉。

「哎喲，罪過罪過……」老太太連忙合掌對著我看不見的地方鞠躬。「我老了，頭暈眼花，請大人將軍不要怪罪！都怪我老了看不清了。」老太太連連鞠躬。她的兒媳婦扶著她說不出一句話來，只是用求助的眼神看著爺爺。

爺爺溫和地笑了笑，說：「沒有關係的。老太太做的善事多，積的福多，把拜石弄好就沒有什麼影響的。妳放心吧！」

年輕婦女點了點頭，臉色稍微好看了一點。

我的眼睛終於適應了這個小屋裡的黑暗。我終於看見了一個黑漆漆的坑上架著兩個灰色的石板，但是我分不清他們說的拜石是兩塊中的哪一個。難怪老太太把拜石搬進茅廁的時候沒有發現異常。

「幫忙拿一個燈盞過來。」爺爺說。

年輕婦女很快拿來了燈盞，並且在燈芯上蓋了燈罩。這樣從堂屋到這裡燈火不會被風吹滅。

在燈盞的照耀下，茅廁裡亮堂了許多。印在地上的那塊月光沒有就此消失，它仍舊在那裡，給人造成那裡有一塊透明塑膠紙的錯覺。

爺爺接過燈盞，在一塊略顯單薄的石板上查看。文撒子和其他人都摒住呼吸，等待爺爺的最終鑑定。燈盞的火焰照在爺爺的臉上，那張溝溝壑壑的臉露出了些許疲憊。我這才記起他嚴重反噬作用還沒有消去。加上今天晚上折騰了這麼久，爺爺肯定很累了。

爺爺終於將燈盞從石板上移開，一言不發地走出茅廁。我們不敢問爺爺，只是安靜地跟著他一起走回堂屋。

爺爺將燈盞放在一張桌子上，將燈罩取下。屋裡明亮了許多。爺爺又伸出兩根手指彈了彈燈芯上的燈花。燈花像螢火蟲一般飛到地面，然後熄滅了，燈火更亮了。

「那是古代將軍的墓碑。」爺爺咂巴咂巴嘴，牙痛似的說道。

「將軍的拜石？」文撒子瞇著眼睛問道，確認自己沒有聽錯。

「應該就是將軍坡埋的那個將軍的墓碑。」爺爺揉了揉眼皮，「我們這一帶沒有其他人家能用這樣的墓碑了。」

「就是容易碰到迷路神的那個將軍坡嗎？」文撒子問道。

「難道你還從其他地方聽說過將軍坡？」年輕婦女不耐煩地說。

「難怪呢！踩一般人的墓碑就不得了了，何況是將軍的墓碑。真是！」

文撒子不反駁她的話，卻說起了她的婆婆。

「那怎麼辦，馬師傅？」年輕婦女問爺爺道。她的婆婆也急切地想知道答案，脖子伸長了看著爺爺。文撒子也點點頭。

「這個不難，妳明天叫人幫忙把拜石搬出來送回到原來的地方就可以了。人不踩它了，它也就不會壓著人了。」爺爺說。

「就這麼簡單？」文撒子問道。

「其實做人嘛，都是互換著來的。你踩著人家，人家有機會便也要踩著你。你不踩人家了，人家一塊石頭還不至於記仇。」爺爺說。

「所以呢，我們不要仗著強勢欺負別的對象，大到對人，小到對地上的一棵小草，包括世間的萬事萬物。萬物皆有靈啊！」湖南同學以一貫的口吻將他的離奇故事告一段落。

一同學隨口說道：「你說的是將軍的墓碑，其他普通石頭不一定有這樣的靈氣吧？」

湖南同學回道：「隨便一顆普通的砂石，你又怎麼能確定它不是從某個王侯將相的墓碑風化脫落的一部分呢？更何況你這種將石頭訂為不同等級的想法就是錯誤的。至於我為什麼這麼說，等我講到後面一個關於木匠的故事，你就知道了。」

城隍鬼殉

22

零點零分。

「城隍你們都熟悉吧！這是中國人最熟悉的神仙。」湖南同學說道，「很多人又習慣把城隍叫做土地公公。」

我們知道他接下來要講的故事與什麼有關……

「將軍的拜石果然不是一般的石頭哦，沒想到還有這樣的靈性。」文撒子感慨道。

「所有的東西都有靈性，只是有的靈性沒有這麼明顯而已。」爺爺說，「好了，我們真的要走了。明天，文撒子你也幫幫忙，老太太家裡沒有能出力氣的勞力，這塊拜石有一定的重量，老太太和她兒媳搬不動。」

「好好好。」文撒子連連點頭應諾，「天確實晚了，你們在路上小心點。幸虧還有點月光，勉強可以看清路。」當時的我們，根本沒有注意到還有另外一雙眼睛對那塊錯當成茅廁踏板的將軍墓碑虎視眈眈。

本來打算給老太太的孫子置肇完就走的，沒想到碰到了這麼多一連串的事情拖到現在才走。我跟爺爺告別了文撒子他們，就著月亮的微光踏上了歸程。可能是雞叫過一遍了，白髮女子那邊的孝歌已經停止了。

外面的整個世界都進入夢鄉了，連土蟈蟈的聲音都沒有了。村前村後的大山靜伏著，在天際畫出一條起起伏伏的波浪線。一條灰白色的道路，像一條蜿蜒的蛇一樣穿梭在這座山與那座山的交接處。我踏著這條灰白的蛇，彷彿不是自己在走路，而是灰白的蛇帶著我向目的地前進。

爺爺拉著我的手，一言不發地往前走。

我有些害怕，害怕旁邊的山林裡突然躥出個什麼東西來。

在到爺爺家的路上，要經過一片桐樹林。我記得原來跟爺爺一起在這裡捉過食氣鬼。我還記得食氣鬼撵著我的時候，突然出現了一個矮人。當時我差點就被食氣鬼撵上，幸虧矮人的出現，使我轉危為安。但是等我回過頭再去看時，矮人已經變成了石頭，食氣鬼撞在上面死了。

我打破了沉靜，問道：「爺爺，你知道土地公公是什麼樣的嗎？」

「土地公公的名字叫張福德，是古代周朝的稅官。這個張福德從小就非常聰明，並且非常孝順。但是，他的身材矮小，只有平常人的一半那麼高。老了之後，他還駝背，比剛才我們看到的那個老太太還駝背，所以變得更加矮。由於駝背駝得厲害，影響了身體的平衡，所以他手裡總拿著一根樹根做的枴杖。他在三十六歲的時候，當上了周朝的總稅官，為官清廉正直，體恤百姓的疾苦，為周朝的百姓做了許許多多的善事。他的壽命很長，活到了一百零二歲。但神奇的是他死後三天容貌一點也沒有變化，皮膚保持柔軟，關節還可以活動。由於他在世時積德，死後被封為土地公公，掌管鄉里死者的戶籍，也算是地府的行政官。但是他跟其他的地府官不一樣，他不待在地府，卻總是在人間出現。」爺爺一口氣把土地公公的事情講完了，熟悉得像說自己的生平事蹟。

我跟爺爺邊走邊聊。誰也不會想到，在這條只有兩個行人的路上，卻會出現三個人影！

當時我和爺爺都沒有察覺，自顧談論著關於土地公公的話題。爺爺說：「土地公公雖好受人敬重，可是土地婆婆就沒有幾個人喜歡她了。」

「哦？為什麼？」我禁不住好奇地問道。

「那就有好幾種說法了，從這裡說到家都不一定能說完呢。」爺爺呵呵地笑道。

我緊緊抓住爺爺的一隻手，卻假裝平靜地說：「反正現在走夜路沒有事，不然太沒意思了。你就講給我聽嘛，能講多少是多少。」

爺爺答應了，終於把土地婆婆的事情也娓娓道來。

第一種說法最簡單。雖然百姓都知道土地公公還有一個老伴——土地婆婆。可是，自古以來，人們絕大多數只供奉土地公公，不供奉土地婆婆。因為，土地公公是一個不分貧賤富貴而廣施蔭庇的慈善老頭，所以人們普遍崇拜他。而土地婆婆卻「笑人窮而嫉人富」，是個心腸狹窄的婆娘，因此她未能像土地公公那樣享受「萬代香火」。

第二種說法與第一種不同，但是還是說土地婆婆的不好。傳說玉皇大帝委派土地公公下凡時，問他有什麼願望與抱負。土地公公回答希望世上的人個個都變得有錢，人人過得快樂。土地婆婆卻堅決反對，她認為世間的人應該有富有貧，才能分工合作發揮社會功能。土地公公說：「那麼，貧窮的人不是太可憐了嗎？」

土地婆婆反駁道：「如果大家都變成有錢人，以後我們女兒出嫁，誰來幫忙抬轎子呢？」一句話說得土地公公啞口無言，並打消了這個原本可讓世人「皆大歡喜」的念頭。也正是因為土地婆婆的反對，人世間才有今天的貧富差別。所以有的地方的人們覺得土地婆婆自私自利，是一個「惡婆」，因而不肯供奉她，但卻對土地公公推崇備至。但也有人認為土地婆婆的觀點符合人的社會發展，所以有些土地廟常有對聯稱：「公做事公平，婆苦口婆心」。

第三種說法與前兩種又有不同。這種說法與孟姜女哭倒長城那個故事有點聯繫。在講第三種說法之前，爺爺告訴我說，孟姜女並不姓孟，「孟」為兄弟姐妹中排行老大的意思；「姜」才是其姓氏。「孟姜女」實際的意思是「姜家的大女兒」。

秦朝秦始皇建長城的時候，孟姜女的丈夫也被抓去了。到了寒冬的時候，孟姜女給她的丈夫范喜良送寒衣。她翻山越嶺吃盡了苦頭才到了長城。可是一問修築長城的工人，才知范喜良早在她來之前就死了。她的丈夫是修長城累死的，身屍和石頭一起埋進長城裡了。孟姜女聽了這個消息大哭起來。才哭了頭一聲，「嘩啦啦」長城塌了！十份塌了一份。大石頭下，露出了一堆一堆的白骨。

23

孟姜女看看這麼多骨頭，哪幾根是自己丈夫的呢？她咬破了手指，用帶血的指頭去撥。如果是自己丈夫的屍骨，指頭的血就會黏附在上面；如果不是丈夫的屍骨，指頭的血就會流走。透過這種方法，她終於得以把丈夫屍骨收攏齊全，用衣裙包了包，就哭著往回家的路上走。

孟姜女把裙包掛在前胸。一路走，一路想，想起她跟丈夫的恩愛，想起丈夫在長城上累死的情景。眼淚像斷了線的珠子一樣，一滴一滴都滴在裙包上。范喜良的屍骨七零八碎，被眼淚打濕。慢慢地，慢慢地，一根一根連接起來了。

正好，土地公公、土地婆婆路過，碰到了且行且哭的孟姜女。土地婆婆一看，范喜良身屍就要活過來了。她想，人死了，眼淚滴下會活轉，這法子若傳開，大家跟著學，那陰間豈不是要空蕩蕩了！不行啊！於是，土地婆婆就對孟姜女說：「孟姜女呀，妳一個女流之輩，婦道人家，把這麼重的裙包掛胸前，太費力，怎麼走遠路？不如把裙包掛在背上，背著走，這樣省力多了。」

土地公公馬上說：「不行！孟姜女，妳不要聽她的，還是放前面掛著的好。」

孟姜女不知道面前的一對老夫婦就是土地公公和土地婆婆。她聽兩個老人講兩樣話，不知道照誰講的做才好。後來一想：這位老公公長得面目醜陋，不值得信任，還是聽老婆婆的話。於是，她就把屍骨包往背上甩，又哭著上路了。這一來，范喜良的屍骨在背上一顛一顛，孟姜女的眼淚滴不到了。然後，范喜良的屍骨慢慢又散開，不能活了。

孟姜女一走遠，土地公公和土地婆婆開罵了。

土地公公說：「妳真作孽呀，害人！妳若不出這壞主意，她的丈夫就活了。」

土地婆婆爭著說：「這要成了真事，傳了開去，世間的死人都活轉，那還了得啊！人一多，人吃人怎麼辦？」

土地公公說：「妳不念她空守房門的苦，也要念她千里送寒衣的情。妳太狠心啦！」

土地公公和土地婆婆誰也不服誰，越爭執越生氣。直到現在，他們倆還鬧不和呢！所以，有的土地廟裡不供奉土地婆婆是因為怕他們吵架。

「原來是這樣啊！」我感嘆道，「從人的角度來說，每次都是土地婆婆太狠心，土地公公很仁慈。可是土地婆婆做的事情也並不是沒有道理呀！」

爺爺點點頭，說：「土地婆婆確實聰明多了。她還幫土地公公斷過案嘞！」

「土地婆婆幫土地公公斷案？斷的什麼案哪？」我的胃口又被爺爺吊起來了。我和爺爺剛好翻過文天村和畫眉村之間的一座山，從下坡的路上，已經隱隱約約可以看見爺爺的家靜立在朦朧的圓月之下，營造出一種異樣祥和而神奇的效果。讓我覺得此時的爺爺就是土地公公，他現在就要回到靜伏在不遠處的土地廟裡去。

爺爺笑道：「講完這個故事就剛好到家。」

有一天，土地公公忙到很晚才疲憊不堪地回到土地廟來。土地婆婆就問：「你怎麼這麼晚才回來？」

土地公公說：「有兩個墳墓挨著的鬼爭地盤，我忙到現在還是不知道怎麼斷案。」

土地婆婆撫掌大笑道：「你這個土地公公是不是老糊塗了？這樣簡單的事情有什麼難的？」

土地公公不滿道：「妳都還沒有聽我講事情緣由，怎麼就確定這件事情簡單呢？」

土地婆婆答道：「這種事情當然再簡單不過了！全看你自己想怎麼判。要是你想讓先告狀的鬼敗，你就責問先告狀的鬼：『他不告而你告，是你挑起矛盾，侵犯人家，是惡人先告狀』；如果你想先告狀的鬼勝，就責問後告狀的鬼：『他告而你不告，是你先侵犯人家，你自己應該知道理由』；要是你想後死的鬼勝，就責問先死的鬼：『你是趁他未來，先行霸佔』；倘若你想先死的鬼勝，可以責備後死的鬼：『他死的時候你還活著，就已經佔有了那塊地方，你後死的卻要強行把墓建在旁邊，是你無事生非，故意挑釁』；如果你想讓富的鬼勝，就可以責備窮的鬼：『你貧困潦倒就耍無賴，想趁火打劫，掠取不義之財』；要是你想讓窮的鬼勝，就嚇唬富的鬼：『你為富不仁，兼併不已，想以財勢壓孤煢』；要是你想讓強的鬼勝，就責問弱的鬼：『人間世情是抑強扶弱，你想以苦肉計危言聳聽吧』；要是你想弱的鬼勝呢，就責問強的鬼：『天下只有以強凌弱，無以弱凌強。他若不是真受冤屈，是不敢與你爭辯的』；要是想讓雙方都獲勝，就說：『無憑無據，爭議何時了結？雙方平分算了』；但是如果你想讓雙方都敗的話，則可以說：『人有阡陌，鬼哪有疆界？一棺之外，皆人所有，你們怎麼可以私吞？應通通歸公』。這樣的種種勝負，哪裡有一成不變的常理呢？」

土地公公聽了大吃一驚，說：「夫人妳從來沒有當過鄉官里宦，怎麼會知道得如此詳盡透徹呢？」

土地婆婆嘲諷他道：「告訴你吧，老東西！這麼多的說法，各有詞可執，又各有詞可解，紛紜反覆，無窮無盡。你們這些城隍社公，做大官的，高高在上，明鏡上寫著光明正大，背地裡翻手為雲覆手為雨，魚肉平民。還自以為別人不知道，其實那些冥吏鬼卒早就知道了你們肚裡那點小道道！」

24

當時的我還年少，除了覺得這個土地婆婆聰明而善辯之外，並不知道她的話裡包含了多少人情世故，以及由此產生的酸甜苦辣。說到人情世故和酸甜苦辣，我想爺爺應該是品嚐這些滋味最多的了。

姥爹的原配夫人是大戶人家的小姐，但是很早就死了。這個早逝的大戶人家小姐就是爺爺的生母，我沒有見過，媽媽也沒有見過。但是媽媽說這位大戶人家小姐留下了許多珍貴的陪嫁嫁妝，足夠爺爺過兩輩子榮華富貴的生活。

在爺爺十歲左右的時候，姥爹給爺爺帶來了後媽。這個後媽比姥爹年紀小多了。自從我有記憶以來，就沒有聽媽媽說過她的好話，總是說這個姥姥對爺爺多麼多麼的不好，對媽媽也多麼多麼的不好。

媽媽說，爺爺小的時候，姥姥經常要他到老河那裡去捉魚捉蝦。爺爺就拿了一張蚊帳剪成的網，四四方方的，然後用兩根竹籤交叉撐起網的四角。在網的中間放一些攪拌了米酒的米飯，再在網的中間壓一塊有些重量的石頭。這樣就做成了一個簡單的捕魚捕蝦的工具。因為網中間壓了石頭，蚊帳和竹籤就不會浮在水面上沉不下去。爺爺將這個捕魚工具放進老河中，在岸上等待幾分鐘，然後取出捕魚工具。

取網的時候動作要迅速一些，不然受驚的魚蝦會從網上溜走，畢竟這不是封閉的網。因為米飯中攪拌了米酒，有些魚吃了米飯變得暈暈乎乎，警惕性降低，輕易就成為俘虜。當蚊帳離開水面的時候，你便會看見許許多多跟手指差不多長短的小魚在網上跳躍，並且由於中間的石頭將網壓成凹形，這些小魚再怎麼跳躍也跳不出網，反而越跳越向網的中間靠攏。

如果捕魚的是我，那麼捕魚的時間一般是在清晨或者傍晚。我的捕魚技術還算不錯，看見小魚在網上跳躍的時候特別有成就感。現在回憶起來，似乎還能感覺到濕潤的晨風或者涼爽的晚風從我的皮膚上掠過，如同在水中游泳。

特別是中午，我基本上沒有機會提著蚊帳做成的網出去捕魚，因為我要去上學，中午要睡午覺。

但是，據媽媽所說，爺爺捕魚的時候一般都是中午。因為一般在夏天才捕魚，春天魚太小，而冬天魚很少，所以我能想像他從陰涼的房子裡出來，頂著強烈的陽光，聽見門前棗樹上知了的聒噪，踏著發燙的道路，迎著陣陣的熱風，走向潺潺的老河。

雖然我在東北待了好幾年，但是家鄉的夏天在我的記憶裡有深刻的印象。南方的夏天跟北方的夏天大不一樣。我還記得村子裡鋪上第一條柏油路的時候，那時大路、小路、車路、馬路都是泥土的，最氣派的是紅家段有一截石子鋪就的石頭路。在那之前，我從來沒有見過黑色的路。那之前的記憶裡，夏天的路不過是灰塵多一點，有車經過的時候屁股後面冒一陣灰塵。有了柏油路之後，我記憶中的夏天的某些印象就改變了。我記得那時的夏天，我能在柏油路上踩出腳印來。可想而知，家鄉的夏天，特別是中午，有多麼的炎熱。

而爺爺經常頂著那樣熾熱的陽光，在老河岸邊捕魚。

媽媽說，等捕到魚做成菜之後，姥姥卻把房門一關，獨自與姥爹享用，爺爺一個人蹲在大門口端著一小碗米飯就著幾顆豆豉吃。並且，姥姥說一顆豆豉要下三口飯。這句話我相信媽媽說的是真的。直到我生出來，又長到比姥姥還高，姥姥還經常用來教育我：「孩子呀，一顆豆豉三口飯。你這樣搶菜怎麼能行呢？」

我可不聽她的話，我跟爸爸一樣搶菜，時常碗裡的飯還沒有動一半，桌上的菜幾乎一掃而光。在媽媽「抱怨」自己飯還沒有吃完桌上沒了菜時，爺爺卻一個勁地誇獎我：「就是要能吃！書生只吃一筆筒子飯的，但是菜可以多吃點！」

我不知道爺爺在誇獎我的同時會不會想起他自己當年蹲在大門口吃豆豉的情形。至少在他看我吃菜時慈祥的目光裡看不到任何傷感的影子。他總是樂呵呵的樣子。

爺爺肯定經歷了許多的滄桑，但是他從來不把這些寫在臉上，也不表露在眼睛裡。

我隨即問爺爺：「爺爺，爺爺，其實我覺得土地婆婆還不錯啊！可是她很少被人們供奉，土地婆婆會不會覺得不公平啊？」

爺爺笑道：「土地婆婆做這些事又不是為了被供奉起來！好了，到家了。洗了手和臉快去睡覺吧！你讀高中以後很少在爺爺家住了。呵呵。」

我們走到了大門前，我又想像著爺爺小時候蹲在這個地方吃豆豉的情形。爺爺不會知道我想的這些，他推了推門。門沒有開。

奶奶可能覺得今晚爺爺就在做靈屋的老頭子那裡聽孝歌不回來，門已經閂上了。爺爺家的大門中間有一條兩指寬的裂縫。爺爺將一個手指伸進門縫裡摳了摳，門閂「哐噹」一聲開了。這種開門方式並不新奇，我已經見舅舅這樣開過好幾次門了。

爺爺給我倒了洗臉水，我馬馬虎虎地將臉打濕，又拿起手巾胡亂一抹，便跑到裡屋的空床上睡了。

爺爺用我剩下的洗臉水洗了臉，然後又洗了腳。然後我聽見嘩啦的潑水聲，水捧在了門前的大石頭上。再往後便是爺爺的鞋子在地上拖出的聲音，緊跟著就是爺爺的鼾聲了。

我心想道，爺爺睡得還真快。

我眼盯著屋頂，黑漆漆的一片，連房樑都看不清楚。這漆黑的一片剛好如同電影播映前的幕布，爺爺小時候捕魚的情形漸漸在上面浮現出來。想了不一會兒，睡意漸漸浮上來。

就在我即將閉眼入夢的時候，房樑上忽然傳來一陣奇異的響聲，似乎還有隱隱約約的樂聲，有笛聲，有號聲，還有鑼聲……

25

剛開始時，我以為是自己產生的幻聽，沒有用心去搭理耳邊的聲音。那時候的我，耳朵經常發出「嗡嗡嗡」的聲音。後來我跟同學交流，才知道這叫做耳鳴。不過那時候我的耳鳴現象出現得非常頻繁，還伴隨著比較明顯的幻聽。

比如獨自躺在床上的時候，我還經常聽見許許多多熟悉的、不熟悉的，聽得清的、聽不清的聲音在我的耳邊竊竊私語或者大聲議論。其情形就彷彿我正站在異常熱鬧喧囂的大街中間。有的人過來說一段話，還沒等我聽清楚是什麼意思，那人就走過去了；還有人過來說了一段我摸不著頭緒的話，然後也走了。更奇怪的是，有時那個聲音非常熟悉，是爸爸或者媽媽或者爺爺或者舅舅的聲音，但是也很快就像風一樣掠過了耳邊。

有時我捂上被子，堵住耳朵，想切斷聲音的傳播途徑，可是那些聲音就好像生長在我的耳朵裡，再怎麼緊緊捂住也絲毫不起作用。後來，我甚至習慣了聽著這些耳語進入夢鄉。我不知道這是我自己獨有的感覺，還是所有的人或者部分人都會有這樣的經歷。

我媽媽總是說我的血液大部分遺傳的是馬家的，只有少部分才是爸爸的家族血液。那麼我想，是不是我的血液裡有絕大部分來源於爺爺，來源於姥爹。那麼，爺爺是不是也經常產生這種耳鳴或者幻聽呢？姥爹是不是也有這種感覺呢？或許，他們是我血液的源頭，會不會比我的耳鳴和幻聽更加嚴重？

我枕著枕頭，想著這些亂七八糟的東西，任憑睡意的侵入。

「吱吱吱吱——」一聲尖銳的老鼠叫聲猛然驅散了我濃濃的睡意，彷彿我的睡意再濃也不過像煙那樣，輕易被老鼠一口氣給吹淡了、吹散了。

雖然被老鼠的叫聲弄清醒了一些，但是我仍然不願意起來。隱隱約約飄飄忽忽的笛聲、號聲、鑼聲還在耳邊縈繞。今天跟爺爺在文天村忙了半夜，睏意還是有的。它們暫不能將我吵起來的。

隔壁爺爺的呼嚕聲還在伴奏著這個月光朦朧的夜晚。

忽然，「啪」的一聲，有什麼東西從房樑上掉下來了，摔在地上。接著，「吱吱吱吱」的叫聲變得脆弱起來。

雖然我覺得仍有可能是幻聽，但是起來看看也未免不可。可是我睜開眼睛，眼前一團漆黑，什麼也看不清。

我憑著感覺摸到了床邊桌上的燈盞，劃了一根火柴。可能是燈盞換了新的燈芯，一時還沒有吸收足夠的煤油，燈盞並沒有亮起來。我拿起燈盞輕搖了幾下，然後再劃燃一根火柴。

可是，燈盞還是沒亮。

我心想算了，乾脆就用火柴的光照著看看。於是，我劃燃了第三根火柴，彎著身子往聲音傳來的地方探去。

在搖曳的火柴光中，我看到了一個倒在血泊中的老鼠。牠的兩條後腿似乎已經癱瘓了，兩條前腿還在努力掙扎。

火柴熄滅了，我又劃燃了一根。

我看見牠的兩條前腿在抖動，彷彿兩根拉緊後被誰彈了一下的橡皮筋。很快，在我手裡的火柴熄滅之前，牠的前腿也支撐不住了，先是左腿彎了一些，然後是右腿彎了一些，接著兩條腿跪下，再也起不來了。

我的手指感到一陣灼痛。我連忙扔了火柴頭，重新劃燃了一根。我覺得就像慈祥的神看著地面的人一樣，此時的我正看著牠的死亡過程。這麼一想，我就覺得背後似乎有什麼東西正看著我！

頓時，我的身上起了一層雞皮疙瘩。

那隻老鼠的「吱吱吱吱」聲終於微弱了，漸漸沒有了。在臨死之前，牠努力地將頭往上轉，好像要跟房樑上的朋友告別似的。

當時我只是覺得牠臨死的姿勢像是要跟房樑上的朋友告別，根本沒有想到房樑上還真有牠的朋友，更沒有想到房樑上有這麼多的朋友看見了牠的死亡！

就像某個人回頭或者側頭看了看什麼東西，周圍的人也會隨著他的方向看一看一樣。我見地上這隻老鼠的頭往房樑上轉，便再劃燃了一根火柴舉到頭頂往房樑上照去。

這一照不要緊，著著實實把我嚇了一大跳！

我看到了許許多多冒著青光的老鼠眼睛！就在最中間最粗大的那根房樑上，聚集著無數隻老鼠！牠們幾乎擠滿了那根房樑，老鼠的眼睛彷彿就是點綴其上的無數顆小的夜明珠！密度最大的自然是房樑的正上方，但是房樑的下面也不乏倒吊著的老鼠！

我嚇得差點將燃燒的火柴落到被褥上。

這是怎麼回事？我的腦袋裡立刻冒出了一個大大的問號。

那些老鼠見我抬頭去看牠們，立刻往房樑的兩端跑去。無數隻老鼠的爪子抓在房樑上，發出刺耳的刮刨聲。

不一會兒，老鼠都不見了蹤影。本來是一片漆黑的房樑上，留下了許多白色的刮痕。那應該是老鼠們爪子的傑作。笛聲、號聲，還有鑼聲也在耳邊消失。

我不可能爬上房樑去追牠們，只能愣愣地看著許多刮痕的房樑發一陣呆。那個疑問還在我心裡反覆詢問：這是怎麼了？

爺爺的鼾聲還在隔壁緩慢而穩定地繼續著，我不想去打擾忙碌了一天的他。再說了，爺爺的反噬作用還沒過去，需要足夠的休息。

我又劃燃了一根火柴，往地上照了照，確認剛剛的種種情形不是憑空的幻想。幻聽得太多了，連自己的眼睛也信不過。

那隻摔死的老鼠還在。我不知道是不是因為老鼠的靈魂走了，火柴光照在牠身上時，牠的眼睛不像剛才那些老鼠那樣反射出青色的光來。

26

我強睜睡意綿綿的眼睛，從床墊下抽出一根韌性還算可以的稻草，抓住沒有了稻穀的穗子從頭擼到另一端。那時的床都是硬板床，在墊背下面加兩指厚的稻草可以增加床的柔軟度。直到現在，幾乎家家戶戶都用彈簧床了，爺爺仍習慣在墊背下鋪一層乾枯蓬鬆的稻草。

我用擼去了葉只剩稈的稻草，將死去的老鼠繫了起來。這一招我還是從爺爺那裡學到的，不過爺爺從來沒有用稻草繫過老鼠。他一般用來繫魚或者龍蝦，或者螃蟹。爺爺有一塊水田靠近老河，每當雨季來臨的時候，爺爺的田就被老河裡溢出的水浸沒了。而雨多的時節往往集中在收穫稻穀的季節。所以，在很多人等田裡的水乾了忙著收割的時候，爺爺的田裡還有漫到腳脖子的水。

熟了的稻穀不能再等，即使田裡的水還沒有乾也要挽起褲管去收割，不然稻稈容易倒伏。稻稈一倒伏，不僅僅使收割增加了困難，稻穀也容易發霉，造成減產。

爺爺能算到哪天下雨，在人家都下化肥的時候穩坐在家裡抽菸。過幾天雨來了，有的不聽爺爺話的人家的化肥就被雨水沖走了，白費一場。爺爺能算到哪種稻穀今年會減產，在所有人之前選好合適的品種。爺爺能算到哪些天會潮濕悶熱，早早地把家裡存儲的稻穀鋪在地坪裡曬乾。

有時媽媽笑道：「你爺爺不是呼風喚雨的龍王爺，但是你爺爺知道今年龍王爺會幹什麼。」媽媽說的毫不誇張。當我問起他的時候，他就說出一大堆整齊又押韻的口訣來，讓我丈二和尚摸不著頭腦。

但是爺爺也有無可奈何的時候，比如挨著老河的那塊田。到了收穫的季節，我只好跟著爺爺一起擼起褲管在那塊水田裡艱難地收割。爺爺開玩笑說這是我們爺孫倆在田裡耕犁。因為腳陷入淤泥很難拔出來，情形倒還真有幾分像水牛耕田。

而我用稻草繫老鼠的方法就是在這塊拔不出腿的水田裡學會的。

由於曾有一輛裝運龍蝦的貨車在畫眉村前面的柏油路上翻了車，龍蝦撒在了旁邊的水田裡。很快，幾乎畫眉村的每一塊水田裡都能找到長鬚紅鉗的龍蝦了。老河更是多，有的小孩子弄隻青蛙做誘餌，不用魚鉤，只需一根縫紉線繫住，然後將做誘餌的青蛙扔進水裡，一個上午可以釣到半桶張牙舞爪的龍蝦。而爺爺在割稻穀的時候，看見某個渾濁的地方水像燒開了似的上翻，就悄悄地張開手，摸到翻水的地方，稍等片刻然後迅速合上手。這時，爺爺滿臉笑意地問我：「亮仔，你猜猜，我手裡捉到的是什麼？」

我就假裝學著爺爺的樣子掐算手指頭，然後亂唸幾句口訣：「東方成字笑呵呵，應該是一條鯽魚吧？」

爺爺鬆開手來，掌心是一條魚，或者龍蝦，或者螃蟹。牠待在爺爺手裡，並不掙扎逃脫。爺爺一揚手，原來早就有一根稻草繫住了魚的鰓，或者龍蝦的鉗子，或者螃蟹的腳。

我問爺爺，為什麼龍蝦要繫住鉗子，螃蟹也有一對鉗子，但是為什麼不繫住鉗子而繫住腳呢？

爺爺說，龍蝦的鉗子四面八方都可以夾，而牠的腿太細，所以要控制牠的鉗子了。螃蟹雖有鉗子，但是攻擊方向易受限制。牠根本顧及不到背面，只要不是正對牠，你用手指戳牠的眼睛都沒有事。

後來我一試，果然如此。再後來，爺爺的這番話給我提示了如何去對付四個瞎子、一個獨眼的一目五先生。當在跟一目五先生相持不下的時候，我跟爺爺說了我的方法，爺爺又把我表揚了一番，說我真有捉鬼的天賦。他不知道，其實我的很多想法都來自他跟我說的話中。

對我來說，回憶是很悲傷的事情，不論回憶的是悲是歡是離還是合。當現在想起那個夜晚，我用稻草提著一隻死去的老鼠站在朦朧的月光下時，我不由得從那根稻草想到了這麼多的事情，這麼多關於爺爺的事情。

每想到此，便不由自主地想到一牆之隔的鼾聲，想到如在身旁的菸味，想到那兩根被煙薰黃的手指。

那個夜晚，我記得非常清晰。不知道為什麼，越在我迷迷糊糊時發生的事情，我反而記得越清楚。

那個夜晚，我扔了那隻老鼠，返身回到自己的床上時，忽然聽到隔壁的爺爺說了一句話：「老鼠爬房樑，百術落魍魎。」聲音不大，恰好我能聽見，似乎就是說給我聽的。雖然我當時聽到了「魍魎」兩個字的發音，但是不知道爺爺說的就是這兩個字。當時我還以為爺爺說的是「妄良」或者「王亮」之類的字眼。

自己還給自己找了個比較合理的解釋，「妄良」的「妄」是壞人的意思，「良」就是好人的意思。老鼠爬上房樑了，「百術」會落到好人或者壞人的手裡。「百術」也許說的就是我的那本《百術驅》。究竟是不是就是指的我那本《百術驅》，這個當時的我也不確定。因為爺爺只是迷迷糊糊說出來的，我也姑且把它當作囈語，並沒有花多大的心思去猜爺爺的話。不過，今晚老鼠異常地集中到這裡來，應該是有原因的。潛意識裡，我感覺到有什麼重大的事情要發生。當時的我很自然把重大事件發生的可能性歸結到了一目五先生那裡。

爺爺說完那句話，鼾聲又繼續了。

而我的睏意如潮水一般湧了上來，遏制不住。我一頭撲倒在床上，很快進入了夢鄉。

第二天起來，我還沒有洗手臉就去問爺爺：「『老鼠爬房樑，百術落妄良』是什麼意思？」

爺爺正站在門前的大石頭上漱口，聽了我的話，差點將口裡的牙膏水吞下。

27

「怎麼了？」我見爺爺驚訝到這個程度，自己心裡也「咯噔」一下。

爺爺吐出泡沫水，用快禿了毛的牙刷指著石頭旁邊，說了句與我的問題不相干的話：「今天要下大雨。」我順著爺爺指的地方看去，一隻肥壯的蚯蚓正在石頭邊沿慵懶地爬行，後面留下一條濕而深的痕跡。爺爺說過「燕子飛得低，趕快穿蓑衣」。燕子飛行得很低時，證明空氣中的水珠打濕了牠的羽毛，大雨就要來了。現在不是春天，燕子早就沒有了。爺爺卻可以看地面爬行的蚯蚓預測雨水的到來。

不但如此，爺爺在田裡插秧時看見螞蟻，放牛的時候聽見鳥鳴，老河旁邊洗腳時看見浮上水面的魚，都能知道是不是雨要來了。彷彿世間所有的生靈都可以給他啟示。

我並不因為爺爺岔開話題就甘休。在爺爺將牙刷放在杯子裡洗涮的時候，我問道：「爺爺，『老鼠爬房樑，百術落妄良』是什麼意思啊？我昨晚聽見你說的。」

爺爺眉毛一皺：「我們昨晚一回來不就睡覺了嗎？說什麼話？」

我知道爺爺不想告訴我，也許他有他的為難，但是我不善罷甘休，非得打破沙鍋問到底。「昨晚我聽見你說了，我在隔壁聽得清清楚楚。告訴我嘛，什麼意思？百術是不是說的百術驅？落妄良是什麼意思？到底是落在好人的手裡還是落到壞人的手裡？你說給我聽嘛，爺爺！爺爺！」

清晨的風非常涼爽，吹拂到皮膚上如清涼的水流過一般。爺爺倒掉杯子裡的水，閉目仰面對著晨風靜默了一會兒，然後走下石頭。

我又喊了一聲：「爺爺！」

「到時候你就知道了。」爺爺終於回答了一句還算回答的話。

這時奶奶從屋裡出來了。「吃飯了吃飯了！做好了飯菜還要我來喊你們兩位大爺。上輩子我是造了什麼孽喲！」嘴上雖罵，臉上卻笑得非常開心。「我的乖外孫讀高中了就很少到奶奶家來啦，以後讀大學了不是更不來了？」

「不會的。」我笑著回答道，跟著爺爺一起走到屋裡。

奶奶做的蒸蛋的香味已經在屋子裡飄散開來，誘得我的肚子咕咕叫起來。奶奶做蒸蛋的方法很簡單——打一兩個蛋到碗裡，用筷子攪碎和勻，摻一點水放一點鹽，等飯鍋沸騰一遍了再將裝著蛋的碗放到飯上，接著燒火燒到飯熟。從飯鍋裡端出蛋後，立即趁熱往碗裡放些豬油攪拌。這樣，蒸蛋就做好了。

我從小到大，光蒸蛋就不知道吃了多少個，並且絕大部分是在奶奶家吃的。媽媽雖然也偶爾做給我吃，但是味道就是不如奶奶做的那樣美味。

奶奶去世之後，我幾乎吃不到蒸蛋了。後來我家用的飯鍋不再是掛在吊鉤上在火坑裡燒的那種，而是高壓鍋，再後來用的是電鍋，不能在鍋裡的水沸騰一遍之後再揭開鍋放蛋進去。我也試過不把高壓鍋的蓋擰緊，等它的氣門旋轉的時候急急忙忙放蛋進去，可是最後蒸出來的不是傾了、撒了，就是一碗的黃湯水。

我不得不相信，有些東西，隨著時間走了就不會再回來了，永遠也不會。

我跟爺爺在這一點上有相同也有不同。相同點是爺爺也知道很多東西正在消失，就像香煙山的和尚，就像做靈屋的老頭子，消失了就永遠不會回來。爺爺雖然知道，但是仍然皺起一臉的溝溝壑壑笑眯眯地面對。而我，每想起這些便非常傷感，在回憶起跟爺爺捉鬼的這些日子裡發生的這些事情時，又不免勾起很多相關或者不相關的回憶，這些相關回憶大多是蒙著一層淡淡的灰色，使原本應該很美好的回憶也被感染侵蝕。

爺爺挑了一調羹豬油，在蒸蛋裡攪拌。

「你說我昨天晚上說了夢話？」爺爺的眼睛看著蒸蛋裡的豬油在攪裂的蛋塊中緩緩溶化，就像看著乾裂的田地裡慢慢漫進河水。

「嗯。」我目不轉睛的看著蒸蛋，現在換作我故意不跟他搭話了。

爺爺用調羹盛了一些蒸蛋放到我的碗裡，問道：「說的什麼話？老鼠爬房樑，百術落魍魎？是嗎？先吃點蒸蛋再吃飯。奶奶做的蒸蛋味道還是不錯的，呵呵。」

我點點頭，喝下一口滑溜的蒸蛋。

「我給你的那本《百術驅》你放好了嗎？」爺爺問道。

「百術就是百術驅的意思吧？我放好了呀！我收藏得很小心呢！從來沒給別人看過。」我連忙回答道。我生怕爺爺怪我沒有仔細收好《百術驅》，要把它收回去。

「我知道你會好好收著的。不過，它現在不見了。」爺爺給自己舀了一點蒸蛋，不緊不慢地說。

奶奶在旁不樂意了：「那個什麼破書，不見了就不見了唄。亮仔，別跟他扯這些沒有用的東西，我們吃飯。奶奶炒的菜味道好吧？你媽媽的手藝都是我教的呢！別跟你爺爺說話，讓他一個人說去！」

爺爺敲了敲筷子，說：「我又沒有責怪亮仔，就知道護短。」

我早就著急了，問爺爺道：「《百術驅》一直在我這裡，就算不見了你也不會知道啊！何況我把它收藏得很好呢！前幾天在學校我就偷偷看過，還在我的箱子裡呢！我一直用月季壓著箱子，別人都不知道的。」

「你用月季壓著箱子？」爺爺問道。

「是呀！」我回答道。過了一會兒，我補充道：「不過這次放假我把月季帶回來了，那本書還放在學校。」

「你這次回學校，快去看看書還在不在。」爺爺說，「不過我猜想已經不見了。哦，對了，你昨晚是不是看見了許多老鼠？」爺爺一面說一面手指著房頂。我知道，爺爺此時的心裡並不平靜，只是因為奶奶在旁邊，他只好假裝很平淡。

「是的。我還丟了一隻摔死的老鼠出去了。」我看著正在盛飯的奶奶說。

「壞了。你不把月季帶回來還好……這下壞了。」爺爺的手伸進上衣口袋，掏出一根菸來。

28

「這跟月季有關嗎？」我問道。

「如果你把月季放在《百術驅》旁邊的話，也許剋孢鬼會幫我們保護好《百術驅》。但是你偏偏把月季帶回來了，《百術驅》被偷走就更加容易了。不過這不怪你，我猜想《百術驅》被那些東西盯上好久了。它們遲早是要下手偷走《百術驅》的，這次不會偷，下次也會偷。」爺爺邊說邊又給我盛上一調羹的蒸蛋。

「《百術驅》被偷走了？被誰偷走了？」我急忙問道，早已沒有心思吃蒸蛋了。

「一邊吃蒸蛋一邊說，別讓你奶奶看見了又要說我了。」爺爺朝我揮舞筷子，眼神關注著奶奶的一舉一動。

我配合爺爺，端起碗喝蒸蛋。

「老鼠爬房樑，百術落魍魎。說的是如果老鼠爬上了房樑，那麼《百術驅》就要落到鬼類的手裡。」爺爺說。

「不是好人、壞人的妄良嗎？是魑魅魍魎⑥的魍魎？」我瞪大了眼睛。

「嗯。昨晚的老鼠爬到房樑上，就是想告訴你，《百術驅》有危險了。那隻你說的摔死的老鼠，牠之所以摔下來，是想吵醒你，提醒你。並不是牠失足掉下來的。」爺爺摸了摸沒有鬍子的下巴，語氣沉悶地說。

我更加迷惑了：「老鼠為什麼知道呢？牠們為什麼來告訴我、提醒我？那隻老鼠還故意摔下來吵醒我？」我一下發出一連串的問題。

「只有一個解釋，就是偷到《百術驅》的那個東西是老鼠的天敵。並且

6.魑魅魍魎：原為古代傳說中的鬼怪。指各式各樣的壞人。出自《左傳．宣公三年》：「魑魅魍魎，莫能逢之。」

這個天敵的本領不一般。老鼠的天敵得到了《百術驅》，就可以避免別人按照上面的方法對付牠們，或者對照書上的方法找出化解的方法。這樣，牠們就不怕我們置肇了。而老鼠就受到更大的威脅，所以牠們昨晚來提醒你危險。」

「老鼠的天敵？貓？貓頭鷹？蛇？還是具有這些特性的鬼？還有其他的嗎？」我問道。

「這個我暫時還不知道。我只注意到有東西打將軍墓碑的主意，卻忘記了《百術驅》也被其他東西盯住了。真是，我這人老了，記性也老了。」爺爺感嘆道。

「將軍墓碑也被惦記上了？」我茫然道。

「是的。我昨晚進門的時候，感覺到背後有一個影子跟著我們。當時我怕嚇著你，就沒有告訴你，馬上要你洗臉睡覺了。其實在老太太家談論將軍墓碑的時候，我就感覺到有什麼東西在附近躲著。只是當時我不確定，回來的時候看到那個影子，我才知道當時的感覺是對的。」爺爺說道。

「那個影子是什麼樣的？」我迫不及待地問道。

「我沒有看清。在我發覺它的同時，它很快就消失了。它注意我們好久了。」爺爺說。

「那可麻煩了。《百術驅》被偷了，我們還不知道是誰偷的。將軍墓碑又被惦記上了，我們也不知道是誰。並且，我們還不知道它惦記上將軍墓碑有什麼意圖。不就一塊石板嘛，它惦記幹什麼？」我撓撓後腦勺，想不出合理的解釋來。「還有，一目五先生我們還沒有辦法對付，你的身體還沒有恢復。麻煩一大堆呀！」

爺爺沉默不語。

這時奶奶走過來，手裡提著飄著飯香的飯鍋。「人的一輩子嘛，就是不停地遇到麻煩又解決麻煩。我娘生我時差點難產，最後逢凶化吉；我跟你爺爺談婚論嫁那段時間，你姥姥總是反對，生怕你爺爺結婚了不給她種田地，最後也是順順利利；大饑荒那三年⑦，米缸裡一粒米都沒有，我跟你爺爺還有你媽媽、你舅舅還不是捱過來了？雖然現在遇到的麻煩多一點，那還不是一個一個麻煩加起來的？亮仔，雖然你奶奶讀的書不多，但是知道三也是三個一加起來得到的。是不是？」奶奶說完，把一勺香噴噴的米飯扣到我的碗裡。

「奶奶說的是。」我笑了，一面用筷子將飯往下壓，怕飯從碗口掉出去。

奶奶忙制止道：「飯是不能壓的，年輕孩子吃了壓的飯長不高。」

年幼的時候，這句話我聽了無數遍，也無數次地相信了它的可靠性，正如奶奶的另一句話一樣——站著吃飯長得高。這造成我在很長一段時間裡飯桌旁邊有多餘的椅子也不願坐著，寧願站得兩腿發麻。不僅僅是我，我相信我們這一代的許多孩子都被這樣善意而沒有根據的謊言騙了很長的時間。等我們成年後懂事後回頭想想，在笑自己當時的幼稚時也會從心底升上一股溫熱的感動。

奶奶又告誡道：「小孩子愛玩，我是知道的。你跟你爺爺瞎胡鬧我不管，但是學業可別耽誤。你媽媽就指盼著你有出息呢！」

我說：「奶奶，我都讀高中啦，不是小孩子了。」

奶奶恍然大悟：「哦，對哦。我的外孫已經長大啦！」然後發現新大陸似的用手比量我的身高，驚喜不已。彷彿我不是一天一天長起來的，而是在她面前突然躥到這麼高了。

說到媽媽指盼我有出息，我真是羞愧不已。在寫這些回憶的同時，我的大學生涯也在一天一天的時光流逝中結束了。回想起當初剛剛拿到重點大學⑧

7. 三年困難時期：三年困難時期是指中國大陸地區從 1959 年至 1961 年期間由於大躍進運動以及犧牲農業發展工業的政策所導致的全國性的糧食短缺和饑荒。

8. 重點大學：中國境內並被國家重點支援的大學，按照重點支援的主體分為全國重點大學，部署重點大學，省市重點大學；在 1990 年代全國高校體制改革後，這一名稱不再被官方所使用。

的錄取通知書時，父母親和爺爺奶奶，還有舅舅舅媽歡欣不已的情形，再想想現在大學畢業生境遇窘迫的現狀，實在是感覺對不住「有出息」那三個字。現在每次回家，爺爺當著眾多鄉親的面炫耀自己有個重點大學生的外孫時，我卻感覺臉上紅一陣白一陣，抬不起頭來。

唉，不說這些，還是回到那個清新的早晨吧！

果然如爺爺所說，碗裡的蒸蛋吃到一半時，外面「劈劈啪啪」地砸起了豆大的雨滴。我從屋裡探頭看了看爺爺漱口時踩著的那塊石頭。那隻肥壯的蚯蚓不知啥時候爬到了石頭的頂端。可是大雨一來，那隻笨得像根木頭一樣的蚯蚓很快就被沖到了石頭底下。

這時，雨中出現了一把黑色油紙傘。那把傘像一個可以移動的蘑菇一樣，破開珠簾一般的雨向我們這邊走來。

29

「早啊，馬師傅！」雨中的傘側了側，露出一個肥得冒油的圓腦袋。

爺爺放下手中的碗筷，到門口去迎接這位一大早就來打擾的造訪者。奶奶見了雨中的圓腦袋，笑呵呵地說道：「哎呀，金大爺，您今天怎麼有空來我家呀？我還以為您老人家只顧天天在家裡數錢呢！」

後來我從奶奶那裡得知，這個金大爺的兒子在外國留學之後就工作了，年年給金大爺寄很多錢回來。但是金大爺吝嗇得很，兒子寄回來的錢都捨不得用。因為那時候的銀行系統還不發達，很多人不習慣把多餘的錢都存起來，甚至擔心信用社⑨騙走自己的錢。金大爺更是如此。他把錢鎖在箱子裡，到了半

9.信用社：農村信用社是經中國銀行業監督管理委員會批准設立，由社員入股組成，實行社員民主管理，主要為社區社員提供金融服務的農村合作金融機構。

夜便起來跟他老伴一起數。有人半夜起來蹲茅坑，還見金大爺的房子裡燈亮著，就聽見屋裡傳來「一百五十五塊，一百五十六塊，一百五十七塊……」的數錢聲，並且夜夜如此。那個蹲茅坑的人一開始還以為金大爺家裡鬧鬼，後來才知道是金大爺自己在數兒子寄回來的錢。

金大爺在門口收了傘，晃了晃沾了雨珠的腦袋，又在門口跺了兩腳，把雨鞋上面的泥水弄乾淨。在做這些動作的時候，金大爺露出一副專心致志的表情。從那個表情當中，就能猜到他半夜數錢的樣子。然後，金大爺抬起了頭，給爺爺一個近乎諂媚的笑，說道：「馬師傅，我來找您是有點事的。您不忙吧？」

爺爺給他遞上一根菸，然後說：「不忙不忙，外面下雨呢，就是有農活現在也做不了啊。來來來，屋裡坐。」

「好嘞。」金大爺把他的黑色油紙傘小心翼翼地放在了門前的石墩上，那動作就像一個剛剛化完妝的女子把化妝用品收回到化妝盒裡一樣。我看了看那把油紙傘，頂上早已破了好幾個洞，在雨中打這把傘肯定會「外面下大雨，裡面下小雨」。這麼有錢的一個人，居然連把破成這樣的雨傘也捨不得換，放在石礅上時也太過小心了，足見他有多麼小氣。

奶奶打趣道：「金大爺，您的傘放在這裡沒有人偷的。何況已經破成漏斗了。要偷也去偷您家裡裝滿了錢的箱子啊！」

金大爺立即晃了晃腦袋，臉頰的兩塊肥肉隨之震動：「我哪裡有錢！」

「沒錢您晚上數的是什麼呢？難道是數穀粒？數家裡養了幾隻雞？」奶奶打趣道。我和爺爺笑起來。

「你們還在吃早飯？哦，那我等你們吃完了再來吧！」金大爺看見我的面前擺著幾個碗，連忙說道。

「不礙事。」爺爺拿了椅子讓他坐下，「邊吃邊說吧！對了，你吃過早飯沒有？如果沒有吃的話，就到我這裡將就一下？」

「不用了。我吃過了。我來就是為了問你一點事。不知道現在方不方便講。」金大爺坐好了，立即露出一副愁容。他的臉本來油光水亮，飽滿得很。這憂愁一上來，他的臉頓時就像一個本來很飽滿的蘋果放得太久了，有些發潮，蘋果皮有點皺、有點軟。

我看著他發潮的蘋果一樣的臉，等待他說出要問的事情。

爺爺揮手道：「有什麼不方便的！您就直接說吧！我這個外孫也不忌諱這些。」我聽見爺爺提到我，連忙朝發潮的蘋果用力地點頭。

「哦，那就好。」金大爺見我點頭，便開始說他遇到的麻煩了。「還是上個月的事，我本來以為過一陣子就會好的。沒想到直到現在還是那樣。弄得我和我老伴一個月沒有睡好覺。你看看我的臉，現在睏得不行了。」

我馬上去看他的臉，卻沒有看到一絲疲憊的樣子，不過眼睛裡倒是有些血絲。從面貌上看，金大爺的年紀跟爺爺應該不相上下，但是金大爺明顯比爺爺會保養自己的身體，加上臉胖胖的，所以顯得年紀要比爺爺小一點。他說話的時候嘴巴有一點點歪，這讓我想到中學旁邊的歪道士。

著啊？」

爺爺皺眉道：「哦？您一個月沒有睡好了？是什麼事讓您和您老伴睡不

金大爺嘆了口氣道：「哎，我也不知道怎麼回事。天天晚上覺得床邊有什麼東西爬來爬去，讓我睡不安穩。我一開始還以為是我自己的錯覺，後來問我老伴，她也感覺到了。她也以為是她聽錯了，等到我問起來才知道確實有東西在床旁邊爬。」

奶奶在旁道：「怕是您家的老鼠和錢一樣多吧！下回賣老鼠藥的小販從家門口過去的時候，您掏點錢買幾包。很快就見效。」

金大爺搖搖頭，說：「我不是捨不得那點錢。我買過好幾次了，可是床邊的響動沒有消失。再說了，我覺得那個響動不像是老鼠造成的。老鼠哪能造成那麼大的動靜？」金大爺撇了撇嘴。

「什麼大動靜？有多大動靜？」爺爺問道。

金大爺像是怕冷，絲絲地吸了口氣，說道：「那個動靜怎麼說呢？」他一面伸手抓撓後脖頸，一面思考著怎麼形容他晚上聽到的動靜。

「別急別急，您好好想想。來，先抽菸。」爺爺弓著身過去，劃燃一根火柴給他點上香菸，然後在火柴即將熄滅的時候給自己也點上一根。像這樣禮節性的抽菸，我是不會說爺爺的。可是爺爺還是做賊心虛地看了我兩眼，見我不說話，終於放心大膽地吐出一個煙圈。

金大爺吸了一口菸，緩緩吐出：「那個動靜吧，說來很奇怪。我現在都還不知道到底是什麼造成的。聲音很細，白天根本聽不到，但是晚上越來越大，像是什麼東西在床沿上爬，並且不只一個東西在爬。聽那聲音，爬的東西肯定有兩個！可是我起來圍著床轉了無數圈，就是沒有找到聲音的來源。」

30

「什麼東西在爬？」爺爺問道，「是人還是老鼠還是其他東西？」

金大爺皺起眉頭，又撓了撓腦袋，可是撓破了腦袋也想不出怎麼形容自己聽到的聲音到底是什麼東西發出的。「就是有東西！你要問是什麼東西的話，我告訴你，我也不知道。」

「這可難辦了，你只知道是爬動的聲音，卻不知道爬動的是什麼，我怎麼給你解決問題嘛？」爺爺吸了一口菸，在口裡鼓搗了半天，才一點一點地吐出煙圈來。「你想想，是老鼠爬動的聲音，還是蛇啊、貓啊、狗啊之類的聲音？」

「如果是老鼠的聲音，我早就聽出來了。我家的貓總喜歡發出咕咕的悶聲，就是不爬動我也知道。蛇和狗的聲音我也能聽出來。但是那個聲音跟這些就是不一樣。」金大爺為難地說道。

「難道是鬼的聲音?」我瞎猜道。

「怎麼會呢?」金大爺大大咧咧地揮手道,他顯然不把我這個小外孫當一回事。「我聽說過水鬼、吊頸鬼什麼的,就是沒有聽說過還有鬼專門來吵人睡不著的。肯定不是,肯定不是。」他話說得太急,剛好吸進口裡的煙還沒來得及吐出來,於是不小心被煙嗆了一口,連連地咳嗽起來。

爺爺忙過去輕輕拍他的後背,打趣道:「我看見過被水嗆到的,還沒有見過抽菸也能嗆到的呢!」

一旁的奶奶也笑道:「金大爺,你這麼小氣,連吸進的煙都捨不得吐出來啊!真是小氣到家了。哈哈。」

奶奶的話讓我想到爺爺曾給我講到的一個故事,這是一個嘲諷小氣鬼的故事。話說有個小氣鬼,小氣的程度超過了一毛不拔的鐵公雞。他不但一毛不拔,連上個廁所都捨不得把糞拉到別人的糞坑裡,非得忍著憋著到了家拉到自家的茅坑，省下做澆田的肥料。

有一天，這個小氣鬼在一條田埂上行走，忽然感覺到要放屁了。他馬上強憋住，慌忙往家裡跑。可是跑了沒幾步，他終於忍不住了，「噗」的一聲放出屁來。

這個小氣鬼心想，這可不行啊，我的屁怎麼可以放在別人的田地裡呢！我要找回來！

於是，這個小氣鬼急急忙忙脫下了鞋子，挽起了褲腳，跑到人家的水田裡摸來摸去，想把他的屁找回來。

剛好田埂上還有其他幾個人經過，經過的人見小氣鬼在水田裡摸來摸去，便以為他在找什麼好東西。於是，田埂上的幾個人馬上也脫了鞋子挽起褲腳跑進水田裡，學著小氣鬼的樣子在水田裡摸索。

其他幾個人跟著摸索到了中午，太陽曬得他們大汗淋漓。其他人終於忍不住了，便詢問小氣鬼道：「喂，你摸到什麼好東西了嗎？」

小氣鬼心想，我可不能告訴他們我在找我的屁，萬一他們知道了先搶到了，那我一個人肯定要不回來。小氣鬼便回答道：「我還沒有摸到呢！你們摸到什麼好東西了嗎？」

那幾個人感覺被小氣鬼耍了，大發雷霆道：「摸到個屁！」

小氣鬼一聽，恍然大悟道：「難怪我摸了這麼久也沒有摸到屁的，原來早就被你們幾個摸到了啊！快點還我的屁來！」

記得爺爺跟我講這個笑話的時候一本正經，邊講還邊模仿小氣鬼的動作，真是維妙維肖。我聽了笑得差點岔了氣。而後我將這個笑話講給別人聽的時候，卻不能做到爺爺那樣一本正經。往往還沒有講到好笑的地方，自己就先咧開嘴笑了起來，弄得聽笑話的人莫名其妙。

總之，金大爺的吝嗇程度跟爺爺的笑話裡的小氣鬼差不了多少。

金大爺自知自己確實小氣，聽了奶奶的話不禁臉上微微紅了一下。不過他這種人就是這樣，人家說他小氣的時候知道不好意思，但臨到要拿錢了他仍然小氣得要命。典型的知錯不改。雖然過分地小氣不好，但是也不至於遭鬼的報復吧？我不禁對這件事好奇起來。

爺爺說：「你不能說出到底是什麼東西在床沿爬的話，我確實幫不了你的忙。也許是床太乾了，你把床丟到小池塘裡浸幾天，讓木頭吃飽了水，也許就不會發出聲音了。」

金大爺說：「這床是新做的呀！怎麼可能是太乾了呢？我老伴還嫌床沒有多曬幾天，濕氣太重呢！」

「新做的床？」爺爺的眼睛一亮。

「對呀，新做的床啊！有什麼好驚訝的嗎？你們睡的床不都是由新變成舊的嗎？」金大爺彈了彈菸灰，漫不經心地說道。外面的雨還在嘩啦啦地下，似乎沒完沒了。雖然現在還是清晨，但是天色好像比剛才還要暗了。看來後面還有更大的雨。南方的這個季節就是這樣，下雨下得人坐在家裡都會發霉。雨停之後的晚上，如果在路邊散步，會踩到很多蹦躂的青蛙或者癩蛤蟆。這也是我對南方夏季的一個印象。

爺爺看著香菸的過濾嘴，回答道：「新床就不一樣了。如果是舊床，現在才發生這樣的事，那就跟床沒有關係。但是如果是新床的話，那很可能就是床本身的問題。」我不知道菸的過濾嘴有什麼好看的。他眼睛盯著過濾嘴，但是心思早就飛到別的地方去了。

「床能有什麼問題？還不是幾塊木板、幾顆釘子做成的？誰家的床還不是這樣？偏偏我家的床就發出奇怪的聲音？」我看金大爺是錯把爺爺當作公堂上的縣太爺了，滿臉氣憤地申訴自己的不公平。

爺爺點點頭。

金大爺又說道：「你說貓有靈性，狐狸有靈性，蛇有靈性，我還相信。難道幾塊木板和幾顆鐵釘做的床也能找我麻煩？這個我可不相信哦！再說了，即使我再小氣，也不可能得罪我睡的木床吧！」金大爺仍像對簿公堂一樣，攤開雙手做出無辜的樣子。

「說到床，我就有些睏了。」湖南同學打了一個呵欠。「可能是今天課程全滿的原因吧！明天還有實驗要做，我的實驗報告還沒有預習。」

「那個土地婆婆真是有趣，竟然洞悉了官道中的潛規則，僅憑一張嘴就可以顛倒黑白，混淆是非。」一同學讚嘆道。

另一同學接話道：「這就跟我們傳統中的俗話一樣。俗話說，兔子不吃窩邊草；可是俗話又說，近水樓臺先得月！俗話說，宰相肚裡能撐船；可是俗話又說，有仇不報非君子！俗話說，人不犯我，我不犯人；可是俗話又說，先下手為強，後下手遭殃！俗話說，男子漢大丈夫，寧死不屈；可是俗話又說，男子漢大丈夫，能屈能伸！怎麼說怎麼有理。」

湖南同學搖頭道：「話怎麼說怎麼有理，但是人做事還是要講原則。正是因為土地婆婆是個心腸狹窄的婆娘，所以她未能像土地公公那樣享受萬代香火。」

國家圖書館出版品預行編目資料

亡靈咒怨／童亮著.
－－第一版－－臺北市：宇河文化 出版；
紅螞蟻圖書發行，2015.09
面　公分－－(每個午夜都住著一個詭故事；7)

ISBN 978-957-659-994-1（平裝）

857.63　　104002458

每個午夜都住著一個詭故事 7
亡靈咒怨
作　　者／童　亮
發 行 人／賴秀珍
總 編 輯／何南輝
執行編輯／韓顯赫
美術構成／Chris' office
校　　對／楊安妮、朱慧蒨
出　　版／宇河文化出版有限公司
發　　行／紅螞蟻圖書有限公司
地　　址／台北市內湖區舊宗路二段121巷19號（紅螞蟻資訊大樓）
網　　站／www.e-redant.com
郵撥帳號／1604621-1　紅螞蟻圖書有限公司
電　　話／(02)2795-3656（代表號）
傳　　真／(02)2795-4100
登 記 證／局版北市業字第1446號
法律顧問／許晏賓律師
印 刷 廠／卡樂彩色製版印刷有限公司
出版日期／2015年 9 月　第一版第一刷

定價 160 元　港幣 54 元

ISBN 978-957-659-994-1　　Printed in Taiwan